優しいプライド

砂原糖子

幻冬舎ルチル文庫

CONTENTS ✦目次✦

優しいプライド

✦カバーデザイン＝久保宏夏（omochi design）
✦ブックデザイン＝まるか工房

イラスト・サマミヤアカザ✦

優しいプライド

1

クロノグラフの腕時計の文字盤の上を、秒針が規則正しく回り続けている。

志上里利《しがみさとり》はベッドに突っ伏したまま、サイドテーブルに置いた腕時計をぼんやりと眺めていた。日付も変わった時計は、十二時四十二分を指している。秒針の回る音の代わりに聞こえるのは、バスルームからのシャワーの音だけだ。

なんとも気《け》だるい時間、志上は頭を起こしてチラとバスルームのドアを見ると、溜《た》め息《いき》を漏らした。

やけに長い。たかがシャワーに三十分以上か。

女の買い物と風呂は長くてうんざりだ。十二時前にはホテルを出てしまいたかったのに、時計は右回り、右回り、ひたすら右回りに動いて、今にも一時になろうとしている。

腕時計の隣に置いたボックスタバコに、志上は裸の腕を伸ばした。身につけているものはなにもなく、纏《まと》っているのはだるさと苛立《いらだ》たしさだけだ。

「ごめん～、お待たせぇ、里利。シャワー使う～？」

水音が途切れると、バスローブを羽織った女が濡《ぬ》れた髪をタオルで拭《ふ》きながらようやく出てきた。待ちくたびれた神経を逆撫《さかな》でする、間延びした声とともにだ。

身を起こして広いダブルベッドの端に腰をかけた志上は、どうにか笑顔を繕う。

「ん？　俺はいいよ、そろそろ帰ろうと思ってたんだ」

そろそろは、女の中に吐精して役目を果たした瞬間にすでに考えていた。シャワーが終わるのを待たずに一人帰ってしまうのは簡単だが、後からその言い訳を並べるのは面倒くさい。煩わしい気分を味わいたくがないゆえに待っていただけ。おかげで無駄な時間をたっぷり費やしてしまった。

志上は努めて優しく笑いかけた。待ち侘《わ》びた帰るタイミングがやってきたのだ。不機嫌な顔を晒《さら》して波風を立てるのは得策じゃない。

「帰るって、なによ？　一緒に泊まるんじゃなかったの？　なんのためにお高いホテルにしたかわからないじゃないのよ、もう！」

「家に腹を空《す》かせたニャンコが待ってるんだ。エサ出してくるの、また忘れてしまってさ」

「なによ、またぁ？　猫って、もしかしてしっぽのない猫じゃないでしょうね？」

「髪の長い？　まさか。俺の飼ってる猫は詔子《しょうこ》だけだよ？」

突っ立ったままの女の両腕を取り、志上は引き寄せる。年甲斐《としがい》もなく尖《とが》らせている女の唇に、くすくすと笑いながら軽い口づけを与えると、女はご機嫌が直ったのか微《かす》かに笑った。

猫を宥《なだ》めるには喉《のど》を撫でるのが一番だけれど、単純な女を宥めるのはキスに限る。

「飼ってんのはあたしでしょ。傍《そば》にいつきたがらないオス猫をね」

「なんだよ、俺が帰ると機嫌悪くなるほど寂しい？　三回じゃ物足りなかった？」

声を殺して小さく笑えば、女に胸を小突《こづ》かれた。笑いながら逃げる素振りで志上は立ち上がり、ソファに投げ出していた服を手早く身につけ始める。ウールの黒いスラックスに、白の比翼仕立てのシャツ。シャツもズボンも、買ったばかりの服はなんだか身に馴染《なじ》まない。正確には買ってもらったばかりの服の数々、目の前の女に先日買い与えられたものだ。

「その時計、どうしたの？」

上質のグレーの厚手コートを羽織り、サイドテーブルの腕時計を手首に戻す志上を、女は不服そうに見る。

「新しく買ったんだよ」

「……嘘《うそ》。また誰かからもらったんでしょう？　そんなごついクロノグラフ、里利の趣味じゃないもの」

「しょうがないよ、店のお客がくれたんだ。突き返すわけにもいかなくってさ」

「付き合いがいいのね、里利は。そんな時計やめなさいよ。新しいの買えばいいじゃない……」

女は少し考える仕草の後、『しょうがないわね』と小さく呟《つぶや》き、ソファへ歩み寄った。自分の脱ぎ棄《す》てた衣服に埋もれているバッグを探り出し、取り出した財布を開く。

「今日はあんまり持ち合わせてないのよね」

そう言いながらも、女は待ち歩くには多すぎる万札の束をスッと差し出す。志上は驚きもしなければ、躊躇《ためら》いもしなかった。受け取った札束を無造作にコートのポケットに押し込み、極上の微笑《ほほえ》みを作った。

「ありがと。詔子はいつも優しいね……好きだよ」

志上が目の前の女を好きなのは本当だった。何故《なぜ》なら金を持っていて、プライドが高い。プライドが高い女は好きだ。引き際もよく、うるさくつきまとったりしない。

「ごめんね、いつも甘えてばかりで。俺には詔子しかいないから……次は朝まで付き合うよ」

女の体を片手で抱き込み、部屋の真ん中で再びキスをした。三十代半ばにしては、女の腰は締まっていて細い。身につけるものや囲う男に金を惜しみなく使うぐらいだ、エステにだって相当注《つ》ぎ込んでいるのだろう。

ぼんやりそんなことを考えていると、女の舌が歯列を割って自分の舌を撫でてきた。仕方なく応《こた》えて絡めたものの、志上はぞっとなった。セックスの後にするキスは嫌いだ。性欲も去った後に味わう舌の感触は、なんだか気味の悪い生き物のようで吐き気すら覚える。

ポケットに突っ込んだままの片手で中の札束を握り締め、志上はどうにか苦痛の時をやり過ごした。

「じゃあ、また連絡するよ」

次に会う日の約束もせずに女と別れ、ホテルの部屋を後にする。どうせ三日と空けずに携帯電話が鳴る。ご機嫌取りにこちらから電話をかけることも度々《たびたび》だ。

廊下を足早に歩き過ぎ、エレベーターに乗り込む。滑《なめ》らかに下降していく箱の中で、志上はコートのポケットから札束を取り出した。三十万ぐらいだろうか。

——一回十万か。

下品にもセックスの回数と照らし合わせ、志上はほくそ笑んだ。

エレベーターの壁面は鏡張りだ。ふと顔を上げると、磨《す》り模様の描かれた鏡に自分の姿が映っている。背は百七十センチ台後半と低くないが、男にしては線の細い小づくりな顔だ。肌理《きめ》の細かい白い肌に、色素の少し薄い眸《ひとみ》。大きくはない眸は吊り目気味で酷薄そうだが、緩く波打つ淡い茶色の髪が、志上の顔を柔らかく儚《はかな》げな印象に変えている。

男らしさはないが、十二分に整った綺麗《きれい》な顔立ち。志上は自分の顔になんの興味もなかったけれど、どういうわけか寄りつく女たちは自分の顔を好む。

もてはやすだけでなく、『頼りない』とか言って世話を焼きたがる。

バカな奴らだ。自分だけが目をかけていると、客の女はどいつもこいつも勘違い。頼りない男が店の稼ぎ頭に成り上がるはずもないのに、と志上は思う。

志上は名の知れたホストクラブのホストだった。ガツガツする気はないので毎日は出勤していないが、それでも週に三、四日は出ている。二十二歳のときに繁華街でスカウトされて入った店は、もう丸三年だ。

志上に反目する口汚い輩《やから》は、『ホストより男娼のほうが向いてんじゃないの？』と容姿をことあるごとに揶揄《からか》うが、志上の指名の数は常にトップクラスだった。

店の外でも頻繁に会っている女は、今は三人。付き合う基準は金だ。志上は女の容姿にも性格にも頓着《とんちゃく》しなかった。美人と付き合ったところで満たされるものはなにもない。生活を潤してくれるのはやっぱり金だ。世間では自分のような男をヒモと呼ぶのかもしれないけれど、なにも犯罪に手を染めているわけでも自分からねだっているわけでもない。くれると言えばもらう。代わりに客の希望に適《かな》う『夢』とやらを与える。ホストの仕事の一環みたいなもんだ。

そうはいっても、女に残してきた言葉を思うと嫌な気分になる。

次はあの女と朝まで一緒に過ごさねばならない。志上は人肌があまり好きではなかった。セックスしている間はそれなりに興奮するものの、終わってみればただ煩わしさばかりを感じる。他人の体温や寝息が気になって、眠れない。

ベッドの上にいながら女の隣で一睡もできず、じりじりと夜明けが来るのを待つ時間は気が狂いそうに長く感じるのだ。

またあの思いを味わうのか。

憂鬱《ゆううつ》になってエレベーターを降り、静まり返ったホテルロビーを横切った。自動で回り始める回転扉へ身を躍《おど》らせ、弾《はじ》き出されるようにするっと表に出る。

慌ててコートの前を掻《か》き合わせる志上に、寒風は容赦なく吹きつけてきた。

今は一月末だ。冬の立ち去る気配などどこにもない。歯の根も合わないほど底冷えのする真夜中の寒さに、志上は凍えた。ホテルのロータリーにタクシーの姿はなかった。面している通りは両側六車線もあるのに、疎《まば》らにしか車は走っておらず、タクシーの影はない。どうしてこうも必要なときにはタクシーは捕まり難《にく》いのか。傍にはバス停もあったが、こんな時間では最終バスもとっくに行ってしまっている。

もう少し早くホテルを出られていれば、こんな目に遭わずにすんだのに。

たかが女の長風呂のせいで、震えて通りに突っ立ってなきゃならないのかと思うと無性に腹が立った。

歩道の縁石の上に立った志上は、ポケットから出した金を財布に押し込む。長財布とはいえこうも詰め込んでは収まりが悪い。昼間会ったべつの女にも小遣いをもらったばかりだ。数枚の万札の端が斜めに飛び出し、どうにも収めづらい。

俯《うつむ》いた志上の視界の隅に、近づいてくるタクシーの影が映る。待ちに待った姿に慌てて片手を上げるが、後部シートには黒い頭の影。賃走状態のタクシーは、うっかり手を上げた志上に構わず走り去っていった。

なんとなく恥をかいた気分になる。間抜けに上げた手を下ろしたところで、誰かの微かな笑い声が聞こえた。振り返ると電柱の傍《かたわ》らに人の姿があった。

白髪混じりの伸び放題の頭に髭《ひげ》、元がどんな色かも判《わか》らないほど薄汚れたコート姿は、典型的な路上生活者だ。年齢も定かでない男は、志上を見てクックッと笑っている。遠慮もなくこちらに向けられた視線。帰る手立てを求めて路上でぶるぶる震えている自分を小馬鹿にしているかと思えば、苛立たしいことこの上ない。

志上は気を落ち着けようとポケットの煙草を探りかけ、取り出したライターをふと見つめた。

思いついたのは悪趣味な憂《う》さ晴らし、ちょっとした悪戯《いたずら》心だった。電柱の傍の大きな円筒形のゴミ箱を探り始めた男を見つめ、再び目が合ったところで志上はふわりと微笑んだ。一旦《いったん》小脇《こわき》に挟んでいた財布を手に戻し、札の一枚を引き抜く。手にしたライターの火を見せつけるように翳《かざ》した。

押し込もうと躍起になっていたせいで縁が皺《しわ》だらけになったそれは、なかなか火は移らない。けれど一度燃え出してしまえば、あっという間だった。

炎に包まれ、見る影もない煤《すす》に変わっていく一万円札。寒風に黒い煙がたなびく。信じられない行動を目にした男は、驚愕《きょうがく》にポカンと口を開けていて、淀《よど》みっぱなしの胸が空くのを感じた。

熱さに耐えきれずに数センチを残し、ただの燃えかすと変わったものから志上は指を離す。

そして、笑った。

俺のものを俺がどうしようと勝手だ。自分でもいやらしいとは思うが、一度笑い出すとおかしくて堪《たま》らなかった。高笑いだ。こんなに腹の底から楽しい思いは久しぶりだった。

財布をコートの内ポケットにしまい、再び通りに目を向けると、反対側のバス停の手前にタクシーが二台並んで停車するのが見えた。ようやく暖かい家に帰れる。

足取りも軽く車道に身を躍らせながら、志上は振り返って男を見た。男は歩道に唾《つば》を吐きつけ、志上に向けて中指を立てている。負け犬がさぞかし悔しいだろう。志上は何度でも笑い、ホームレスの男に中指を立てて返そうとした。

けれど、それは適《かな》わなかった。耳を劈《つんざ》き、体をも刺し貫くような甲高《かんだか》い音が静寂を破る。

突然の激しいブレーキ音に、志上の体は車道の真ん中で猫のように硬直し、はりつかせた笑顔も上げかけた指も凍りつく。

目に焼きついたのは白い光だった。光は瞬《またた》く間に体を包み、なにか神聖な力のように空へと攫《さら》い上げる。ぐるりと舞った夜空が視界の中で迫り、『連れて行かれる』と思った。

けれど、それはただの車のヘッドライトの明かりだった。


殺伐《さつばつ》とした白い天井が眩《まぶ》しい。

身を竦《すく》ませる志上は、目を開いてもまだ自分を襲った光の中にいる錯覚に陥っていた。

しばらくしてそれが見慣れない天井の白さであると判ると、今度は慌てて首を捻《ひね》った。確かめた周囲は全体的に白っぽく、小さな部屋だ。横たわっているのは簡素なパイプベッドで、明らかに病室のようだった。

ほぼ全身が軋《きし》んで痛んでいる。志上は自分が車に撥《は》ねられたのをおぼろげながら思い出した。

右腕の感覚がほとんどないことに気づき、ぞっとなる。もしや、なくなっているんではないだろうか。そんな恐ろしい不安に駆られて慌てて目を向けた右腕は、ギプスがつけられているらしく巨大になっていて、包帯で厚く巻かれていた。

とりあえず失ってはなさそうだ。ホッと胸を撫で下ろしたところで、廊下から男の声が聞こえた。

「……明日、念のため脳外科に回したいんで、CTの予約リストに入れておいてもらえますか。異常はなかったそうですが、意識がまだ戻らないってのは……」

声の男は引き戸を開け、後ろに連れた看護師の女になにごとか話しかけながら部屋に入ってきた。医者かと思ったが、白衣は着ていない。紺のタートルネックのセーターにグレーのズボンと普通のなりをしており、年齢も二十五歳の自分とそう変わらないように見える。せいぜいいくつか年上程度の男だ。

男は連れた看護師とともに、ベッドの手前で足を止める。

「あ……」

まじまじと見つめる志上に男は目を瞠《みは》らせ、それから眉尻《まゆじり》を下げて安堵《あんど》の表情を浮かべた。

「よかった、意識が戻ったのか」

「あんた……誰？」

不躾《ぶしつけ》な問いかけに、男は少し戸惑った様子をみせる。言葉を選んでいるのかまごついて、やがてぼそりと言った。

「……君を撥ねた男だよ」

「ああ……」

沈んだ声音《こわね》で返ってきた答えに、志上の返事はあっさりしていた。言われた意味はすぐに判ったものの、反応は鈍る。撥ねられた瞬間を詳しく覚えていないせいで、今ひとつ現実感が湧《わ》かない。

「橈骨下端骨折《とうこつかたんこっせつ》だ」

ぼんやりしている志上に、男はひとしきり詫《わ》びた後に言った。

「……え？　なに骨折だって？」

耳慣れない言葉に首を捻る。

「右の手首が折れてるんだ。今、関節がひどく腫《は》れているのはそのせいだよ。腫れが引くにはそうかからないはずだけど……骨折自体の完治は二ヶ月ぐらいかかると思う。ギプスが取れるまでに一ヶ月半ぐらい……あとは右腰に打撲と、脛《すね》に裂傷があるけど、骨に異常はなかったし、脳波も正常だった」

「あんたって医者なのか？」

説明に志上が当惑して見上げれば、男は足元に突っ立ったまま小さく苦笑した。

「ここで研修医をしてるんだ。今夜は仕事が終わって帰る途中に車で……」

志上を撥ねてしまったのだと男は言った。詳しく聞いてみれば、搬送されたこの病院は、救急外来も設けている市内でも有名な私立病院だった。事故にあった場所からも確かに近い。志上が気を失っている間に、男は警察の事情聴取も受けたらしい。

「ほかに特に痛む場所とか、違和感を感じるところとかあるか？」

「全身痛いね。ギシギシしてる」

志上の返事に男は困った表情を見せる。問診に応えているのではなく、単なる嫌みだ。目覚めて早々からの悪態に、背後で成り行きを見守る若い看護師が、溜め息混じりに告げた。

「先生、中野《なかの》先生を呼んできましょうか？」

「ああ、そうですね。そのほうが彼も安心できるでしょう。意識が戻ったことも伝えておかないと……お願いできますか？」

看護師が出ていくのを見送った男は、志上のベッドの右脇へと回り、壁に立てかけられた小さな折りたたみ椅子《いす》を広げて腰を下ろす。

「今、当直の先生が来るから。今夜は整形外科の先生だし、頼りになるよ」

「あんたは何科なんだ？」

「内科だ」

「あ……そう」

軽い好奇心で聞いて損をした。骨が折れて担当は内科か——そりゃあ、頼もしい。

口にこそしなかったが、志上が腹の内で毒づいたのを察したのか、男はそれきり黙り込んでしまった。気を損ねたのかと思いきや、横目で窺《うかが》った顔はなにか考えあぐねている表情だ。俯き加減の男の視線は、床の上を彷徨《さまよ》っている。

目が合うと、さらに視線は泳いだ。男は物言いたげに口元をひくつかせつつも、なかなか言葉を発しようとしない。人身事故の加害者、そんな最悪の事態以上にまだなにか言いづらいことでもあるのか。

まさか無免許で自賠責保険に入ってなかったとでも言い出すつもりじゃないだろうな。

男の雰囲気からしてそんなタイプではなさそうだと察しつつも、疑ってかかる。

「あのな……覚えていないかな」

男がぽつりと呟く。独《ひと》り言じみていて、志上はそれが自分への問いかけであると気づくのに少し時間がかかった。

「え？　ああ、ぶつかった瞬間のことならあんまり……」

警察の心証を悪くしたくないのだろう。あれか、轢《ひ》いてしまったのは自分のせいではなく、車道に飛び出したそっちに過失があるのだと……その辺をはっきりさせておきたいと、そういうわけか。

次第に冴《さ》えてきた頭で、様々な憶測《おくそく》を巡らせるが、男が続けたのは思いもよらない言葉だった。

「いや、そっちじゃなくて……俺のこと」

「は？　あんたの……こと？」

いくら年齢が近そうだとはいえ敬語も使わず、どこか親しげですらある男に違和感は覚えていた。

会ったことがあるのだろうか。こんな冴えない男は記憶にない。

視線を逸《そ》らして俯いた男の顔を、志上は見た。服装だけでなく地味なタイプの男だ。職業柄仕方がないにしても、染めた経験は一度もなさそうな黒髪。短めに刈られた頭は美容院とは無縁そうで、オヤジがハサミを握る床屋に通っているに違いなかった。

顔立ちは取り立てて悪くもないが、パッとしたところもない。くどくない代わりに、華もない。志上には足りない筋肉と男らしく広い肩幅も、鈍重さを感じさせるだけだ。

よくいえば落ち着いた雰囲気、悪くいえば面白味のなさそうな男だった。

見覚えなんてあるはずがない——そう結論づけようとした志上のほうへ男が向き直った。

真《ま》っ直《す》ぐに自分を見下ろしてきた黒い眸。鋭くはないが、意志の強そうな眼差《まなざ》しで見据えられ、志上はドキリとなった。

記憶の底深くから、じりじりと浮上してくるなにかを感じた。

それは様々な記憶の断片を纏って、ゆらゆら浮き上がってくる。反射的に阻止したい気持ちに駆られた。知りたくない。知らないほうがいい。けれど、一度錘《おもり》が外れてしまえば、志上の意思の力ではどうにもならない。

「保高《ほだか》だよ、ほら……中学の一年と三年のときに同じクラスだった保高慎二《しんじ》」

男は駄目押しのように言う。

屈託のない笑みを浮かべた顔を前に、志上の表情は強張《こわば》った。

「志上だよな? 志上里利。面影があったからすぐにわかったよ」

「……ああ」

気づかぬふりをしてしまえばよかった。そう思ったのは、相槌《あいづち》を打ってしまってからだ。

いっそ忘れていればよかったのに。けれど、たとえ数年先に再会しようとも、自分はこの男のことは覚えていただろう。誰もが好意を持った相手は忘れない、それと同じようなものだ。

志上はその逆で、保高が嫌いだった。少なくとも、十年たっても忘れない程度には。

「すぐに判ったけど、まさかと思ったよ。こんな偶然があるなんてさ。久しぶりだな、元気にしてたか？」

「ああ、おまえに撥ねられるまではな」

「……相変わらず、キツイなおまえ」

そう言って頭を掻きながらも、保高ははにかんで笑った。

この男にとっては別段自分は身構える存在ではないらしい。一方的に自分が苦手意識を持っていただけで、保高のほうは思いがけない再会を純粋に喜んでいるみたいだ。

けれど、志上に懐かしんで嬉《うれ》しいことはなにもない。押し黙ると、保高がそろりとした声で問いかけてきた。

「えっと、おまえさ……今、仕事はなにをやってるんだ？」

「仕事？」

「あ、いや、ほら保険の申請手続きとかもあるし。怪我《けが》で仕事に支障が出るようならその間の補償もしなきゃならないし……ちゃんと不自由はさせないようにするつもりだから」

志上が意識を失っている間に、この男なりにあれこれ悩んで考えていたらしい。

——補償ねぇ。

歩合制の給与のどこまでを保険が対象として扱ってくれるのか知らないが、どのみち女たちとの付き合いに不都合が生じたからといって、そこまで保険は面倒を見てくれやしない。

自分の今の生活をどう補塡《ほてん》できるというのだ。

志上は投げやりに応えた。

「接客業」

「え、接客って……ちょっと意外だな、志上が客商売だなんて。愛想振《ふ》り撒《ま》くのは苦手そうだったのに。販売関係か？　ショップ店員とか……」

微かに唸《うな》り、生真面目に頭を巡らしている男がおかしくなる。この男の辞書には、水商売やアンダーグラウンドに近しい職業なんて記載されていないに違いない。

「まぁ、飲食関係のうちだろうな。ホストだよ」

案の定、志上が躊躇いもなく答えると、保高は言葉を失った。目を丸くし、それから幾度か落ち着きなく瞬《まばた》かせる。

「なんだよ、驚くほどのことでもないだろ？」

「いや……意外だったから」

「意外？　ソープ嬢でもやってたほうがもっともらしかったか？」

下卑《げび》た自分の冗談に志上は笑ったが、保高は口元を引き結んで無言になってしまった。

気まずい沈黙。昔話も世間話も弾ませるつもりはなかったとはいえ、居心地が悪いったらない。

変わっていないんだな、と志上は思った。外見が与える印象どおり、この男は十年たった今もきっと変わっていないのだ。

いくら体が大きくなろうとも、人の内面はそうそう変貌《へんぼう》するものではない。

保高の目に映る自分も、根本的には変わっていないのだろうか。そう考えたところで、志上は酷《ひど》く嫌な気分になった。同じであるはずがない、あの頃と同じであっては困る——

「患者さん、目が覚めたんだって？」

ガラリと開いた引き戸の音が病室の静寂を破り、同時に男の声が響いた。

「あ、そうなんです。たった今……」

当直の整形外科医とやらがやってきたらしい。保高が椅子から腰を上げる。ぺこりと頭を下げる姿は、礼儀正しい子供だった中学生の保高を思い起こさせた。

整形外科医に目を向けようとした志上は、長身の保高の身が遮って見えていなかった窓にふと目を留めた。カーテンの隙間《すきま》に覗《のぞ》いた闇が、透き通った群青色《ぐんじょういろ》に変わっている。

もう夜とは呼べない時間なのだ。

遅い冬の朝が、まもなく明けようとしていた。

誰にもで人生の汚点の一つや二つ、深刻なものであれバカバカしい内容であれ存在する。

志上の場合、生まれてから中学を卒業するまでがそうだ。十五年、今までの人生の大半が汚点だった。

保高慎二は、中学の一年と三年で学級委員を務めていた。二年のことは同じクラスでなかったので知らないが、ようするにそういう男だった。学級委員に選ばれてしまうタイプの子供だ。真面目で模範的、教師から是非ともクラスに欲しいと願われる生徒。確かにクラスの揉《も》め事を自ら進んで解決しようと奮闘する程度には、保高は積極性も正義感もあった。

一方、志上はといえば正反対の生徒だった。正反対といっても、不真面目だったわけではない。志上は大人《おとな》しく、内気な子供だった。けれど、志上の関わるところ、常に教師の嫌がる面倒は起こった。志上は——幼い頃から、すぐに疎外の対象となり、ことあるごとに苛《いじ》められていた。

なにも凄惨《せいさん》なイジメを受けていたわけではない。ただ、友達ができなかった。できてもすぐに、友達と呼んでいた相手はクラスの輪から浮くのを恐れ、いつの間にか志上を疎外する側に回ってしまう。

志上は、首に赤いリボンを下げられたアヒルだった。

いつかテレビで見た光景だ。それは動物番組の実験で、アヒルの一羽の首にリボンを結びつけると、それまで仲良く群れていたほかのアヒルたちは、そいつを避けようと右往左往、小屋の中を逃げ回るというものだった。集団生活を営む動物は、自分たちと違う特徴を持つものを本能的に排除しようとする傾向があると、動物学者の先生はもっともらしく語っていた。

保高とは中学に入ってすぐの頃、行動を共にした。自分から志上の傍へ寄ってきた保高は、今までの相手とは違い、急に遠ざけようとしたり裏切る気配は見せなかった。

事件が起こったのは、志上もようやく打ち解け始めた頃のことだ。給食の時間だった。

給食時には、班ごとに机を寄せ合い、向き合って食べるのが学校での習慣だ。志上はいつも少しだけ離れ小島だった。志上と机を寄せ合うのをクラスメイトは嫌い、誰も彼も志上の机とは十五センチばかりの距離を空けた。もう小学校の頃からずっとそうだった。

その日、保高がそれを怒った。くだらないことをするな、とクラスのみんなを叱りつけた。子供ゆえに真っ直ぐに振りかざされた正しさ……けれど、志上はその瞬間痛烈に感じたのだ。

自分は、周囲に苛められているのだと。

保高に悪気があったとは思わない。けれど保高のために辱《はずかし》められた気がした。苛めの事実をみんなの前で暴かれ、屈辱的で、恥ずかしくてたまらなかった。

新聞沙汰《ざた》になるような事件が起こったとき、大人は口を揃《そろ》えて言う。どうして誰にも相談しなかったのだと。わけは人それぞれだろうけれど、志上はただ認めたくなかった。苛められる人間にだってプライドはある。自分がそういう対象だという事実を、志上は受け入れたくなかったのだ。

大人の価値観では判らない、あの僅《わず》か十五センチの距離の意味――

保高はそれを暴力だといい、そしてその瞬間、同時に志上が必死で保っていたプライドを叩《たた》き潰《つぶ》した。

翌朝、午前中には悲惨な体験が待っていた。

添え木を外してギプスを巻くとしか伝えられておらず、気楽に構えていた志上に、エックス線写真を眺めた医師は『ずれてるな』と不穏な一言を呟いた。

折れた骨が定位置から微妙にずれてるとかで、『整復しよう』と言った。一服しよう、とでもいう気楽な調子で告げられた整復とは、麻酔もなしに折れて腫れ上がった部位を押したり引っ張ったりするという最悪の事態だった。

激痛にのた打ち回るのを懸命に堪《こら》える志上に、『この程度ならボルト固定の手術もしなくてすむし、ラッキーでしたね』と医者は笑った。殺意を抱《いだ》きたくなるほど、のん気な口ぶりだった。

ようやく地獄から解放された腕に、ギプスが巻きつけられる。水に浸した厚手の包帯のようなものを巻かれただけだった。ほどなく包帯は熱を持ち始め、いつの間にか固まってきてギプスと呼ばれるものに成り代わっていた。

その後は脳検査だとかに駆り出され、疲れと眠気にフラつく志上が病室に戻れたのは午後だった。志上は、そこで唖然《あぜん》となった。ベッドからは布団もシーツも取り払われていたからだ。たった一日とはいえ、すっかり自分のテリトリーであると思い込んでいた場所を奪われ、抗議に向かった二階のナースセンターでは、大部屋に移動になったと素っ気《そけ》なく告げられた。

騒がしいのは嫌いだとごねる志上を、看護師は『我儘《わがまま》を言わないで下さい』と一喝した。紺色のラインの入ったナース帽を被《かぶ》った女は師長なのだろう。妙な威圧感があり、教師じみた話しぶりで志上をあしらった。

「だいたい志上さんは入院を必要とする状態ではないんです。保高先生がどうしてもとおっしゃるから、ベッドを空けてるんですよ。だいたい個室というのは……」

だいたい、という言葉は大抵人の神経を逆撫でする。小言を言われる新米看護師じゃあるまいし、こんなところで説教を聞く気は毛頭なかった。

「ああ、もういい、判った！」

語調も荒く言い捨て、ナースセンターを後にする。仕方なく教えられた三階の大部屋に向かい、自分のベッドに辿《たど》り着きはしたが、すでに苛立ちのせいで眠気は失《う》せていた。

志上のベッドは六人部屋の中央の一つだった。荒々しい足取りで入ってきた上、突っ立ったままベッドを睨《にら》み据える志上を、同室の入院患者たちがチラチラと見ている。

痛いほど感じる視線、なにもかもが気分を害する。

保高が用意したパジャマも気に食わなかった。まだ残っている腫れの上にギプスが巻かれているせいで、だぶついた袖《そで》のパジャマを着るしかないのは判っているが、みっともないったらない。

それに、保高が無理をして自分を入院扱いにしていると知ったのも嫌な感じだ。あの男に恩など売られたくない。できれば、もう顔を合わせたくもない。

志上はベッドの上に畳んで置かれていた衣服を手に取った。買ってもらったばかりのコートの右肘《みぎひじ》は摩擦で擦り切れ、裾《すそ》にかけてもアスファルトの黒い色に汚れている。

志上はとても着られたものではないコートを、渋々肩に羽織った。床にゴトリとなにかが落ちる。腕時計と携帯電話だった。拾い上げた時計は、事故の衝撃でガラス面にもチタンのベルト部分にもキズが入っていて動いていない。修理に出せば直るのかもしれないが、キズの入った時計など興味もなかったし、元々デザインも好みではなかった。

壊れてせいせいしたとばかりに、血のついたズボンとシャツと一緒に迷いもなくベッド脇のゴミ箱に放り込み、志上は携帯電話だけを握り締めた。そしてそのまま、入ってきたときと同じ荒い足取りで病室を後にする。

一階のロビーに辿り着いて初めて、スリッパのままの足元に気がついたけれど、すでにパジャマに薄汚れたコートを羽織った間抜けな格好《かっこう》だ。

スリッパだろうが裸足《はだし》だろうが、これ以上不格好になるものか。

半ばヤケクソで表へ出た志上は、外来患者目当てで並んでいるタクシーに転がり込んだ。

自宅マンションに戻って清々したのは束の間《つかま》だった。

志上は一人になって初めて、片手生活の不便さを思い知った。空腹に堪《た》えかねて外食に出るつもりが、服を着替えるだけで四苦八苦。邪魔な物体と化した巨大なギプスの右腕は、動きが利《き》かないだけでなく、入る袖のシャツを探すだけでも苦労した。

おまけに一人では袖を通すのも容易ではない。ズボンを穿《は》き替えればたった一つのウエストのボタンを留めるのに五分も要してしまい、シャツのボタンのすべてを留めることを考えると気が遠くなった。

洗面所でくしゃくしゃの髪型を見たときには、表に出る気力もすっかり萎《な》えていた。

このうえ髪をセットする余力なんてない。外食を諦《あきら》め、志上は宅配ピザを頼んだ。なにからなにまで、左手一つでは動作は緩慢になり、届いたピザをリビングのローテーブルの上で開く頃には夕方四時だった。

ひとしきり貪《むさぼ》り食えば、飢えも治まる。冷蔵庫から出した缶ビールを開けようとしたときのことだ。プルトップとはこうも開けづらいものだっただろうかと、嫌な予感を覚えながらテーブルの上で片手で缶ビールをガタガタいわせていると、開いた衝撃に缶が倒れた。

白い泡と共に噴き出したビールが、テーブルの上に盛大に溢《あふ》れる。缶を起こすのももたついてしまい、被害はテーブルからコルク地の床にまで広がっていた。白木の床は明るくて映えるが汚れも目立つ。慌てて立ち上がってキッチンへ向かい、クロス片手に居間を振り返ったところで、なにかふつりと糸が切れてしまったみたいに志上の苛々は爆発した。

「ちくしょうっ‼」

誰にともなく怒鳴り、やってられないとばかりに握り締めたクロスを床に叩きつける。

目に映るのは、片づいているとは言い難い部屋。アーティストの集《つど》うニューヨークの小《こ》洒落《じゃれ》たロフトを模して建てられたというマンションは、１ＬＤＫのくせしてぼったくりの価格だったものの、内装に一目惚《ひとめぼ》れして秋に購入し、移り住んだ部屋だ。洒落た部屋に見合うよう、家具は輸入物を揃えた。一見ただの木目テーブルに映るローテーブル一つとっても、よく見れば風合いのいい薄い天板で、希少なアンティーク物だ。

洗練された部屋を保つため、志上は自然と綺麗好きになった。それがたった数時間で荒れ放題。衣服を漁《あさ》ったクローゼットからは、クリーニングの袋に詰まったシャツが雪崩《なだれ》を起こしたままだし、床にはビールが今もじわじわと広がり続けている。

おまけにだらしない自分の姿。シャツの前が開けっぱなしなだけならまだしも、さっきトイレに行った際にボタンをかけ戻すのが億劫《おっくう》になり、ズボンもファスナーを上げただけだ。

——最低だ。

歯噛《はが》みしながら立ち尽くす志上は、肩から三角巾《さんかくきん》で吊《つ》った右腕を振り上げた。癇癪《かんしゃく》を起こし、腕を流しの角に叩きつけようとしたちょうどそのときだった。間がいいのか悪いのか、インターフォンベルが鳴った。

煩わしさを嫌う志上は、女たちには気性の荒い猫を飼っていると苦しい言い訳をして部屋に上げたことがない。飼ってもいない猫は、体《てい》のいい言い訳材料だった。

まさかこのタイミングでセールスの類《たぐい》だろうか。

無視しようにも、ベルは一層激しく鳴らされるばかりで、渋々壁のインターフォンの通話ボタンを押すと、志上が喋《しゃべ》るより早く相手の声が届いた。

『志上、部屋にいるのか？　いるんだろ？　開けてくれよ！』

どこか切迫した声は、病院で働いているはずの男の声だった。

志上が施錠していた玄関の鍵をのろのろと開けると、望みもしない来客は気の急《せ》いた仕草で、向こうからドアを外に引いた。

玄関口に保高が顔を覗かせる。事故の処理のために教えた住所を頼りに訪ねて来たに違いない。

「どうして黙って家に帰ったりしたんだ。もう病院に戻ってこないつもりだったのか？　おまえがいなくなったって聞いて、どれだけ心配したと思って……」

血相を変えた男は、言葉を捲《まく》し立てながら白い息を吐いている。急に舞い込んだ冷気に、志上は鳥肌を立てた。

シャツを開いたまま素肌を覗かせた志上を、保高が不思議そうな目で見る。暖房をフルに利かせた室内では寒気も感じないとはいえ、真冬にこんな格好をしていれば変に決まっている。

「着替え……出かけるところだったのか？」

のん気な問いかけに志上の目は据わった。

「ビールが倒れた」

「は……？」

呆気《あっけ》に取られている男を、志上は顎《あご》でしゃくって部屋に招き入れる。背中を乱暴に押して急かし、惨事の場となっているテーブルを見せつけた。

「左手で開けようとしたらこれだ。どうしてくれるんだよ？」

怪我をした右腕にぶつけるつもりでいた怒りの矛先が、保高へ向かう。

「すまない」

単なる八つ当たりに、保高は目を伏せて素直に詫びた。

リビングの入口に落としていたクロスを拾い上げ、保高はテーブルと床を拭《ぬぐ》い始める。這《は》いつくばって黙々と床を拭く男の姿に、志上は面食らいつつも胸がすっとした。

ソファにどっかり腰を下ろすと、踏ん反り返ってなおも不満を噴出させる。

「服も満足に着られないし、表にも出られない。おまえは俺に毎日ピザを食って生きてろって言うのか？　仕事だってあるのに！　見ろ、こんなに不格好になっちまって、だぶついた服しか袖も通らないじゃないか。俺にパジャマ姿で出勤しろってのか？　クラブでいい笑い者じゃないかよ！」

「……悪かった。本当にすまない」

従順なのか事なかれなのか、保高は詫び続ける。少しは反論してくれればいいものを、これではまるで自分は駄々をこねる子供みたいだ。怪我は保高のせいだが、そうなった原因の一端が……いや、多くが車道に飛び出した自分にあるのは志上も判っていた。

言い返してくれたなら、屁理屈《へりくつ》を並べて応戦をするなりして気のすむまで保高を詰《なじ》れるのに。手ごたえのない相手に、志上の中には新たな苛立ちが芽生える。

「おまえのせいだ、おまえのせいだよ、保高！」

それこそ理不尽な怒りに任せて怒鳴りつけ、志上はテーブルの上の煙草に手を伸ばした。左手で握ると、半開きのボックスの蓋《ふた》を唇の端で抉《こ》じ開け、歯でフィルターを捉《とら》えて一本引き出す。

床を拭き終え、膝《ひざ》立ちでテーブルの上のゴミを片づけていた保高が振り返った。

ライターを手に取り、差し出してくる。普段なら志上が店で客の女に向ける仕草だ。自分が火を点《とも》してもらう側に回るというのは妙な感覚だった。

志上は戸惑いながらも、頭を僅かに傾《かし》げてそれに応じた。ぎこちなくジッポライターの蓋を開け、火を点す保高の動きは覚束《おぼつか》ない。喫煙の習慣がないのだろう。

「ああ、点《つ》いた！」

それだけのことに嬉しげに少し目を輝かせた男に、拍子抜けもする。熱くなっていた頭が冷めていく。煙草を一息吸い込む頃には怒りは消え失せ、癇癪を起こしていた自分が恥ずかしくさえ思えてきた。

志上は苛々のためではなく、気まずさから急ピッチで煙草を吹かし続けた。

「志上、なぁ病院に戻らないか？　病院に居れば、身の回りのことはなんとかしてやれるよ。ナースだっているし、食事の心配もしなくていいし」

「嫌だね」

「個室に戻ることはできないけど、なるべく同室は静かな患者が揃ってるところに入れてもらうようにするからさ」

「もういい、うんざりだ。仕事だってあるし、のんびり入院してる暇はないしな。それに……俺は眠れないんだ。隣に人がいると、気になって安眠できない」

しまいのほうはぼそぼそとした気弱な喋りになってしまった。カーテン一枚を隔てただけの他人のいる場所では、志上は眠る自信がない。大部屋に入ったがために、不眠症に陥って睡眠薬にでも頼るようになったのでは、怪我人なだけでなく病人にもなってしまう。

「そうなのか……初めからそう言ってくれれば、師長ももう少し考えてくれたかもしれないのに。個室にしろの一点張りで、我儘な患者だっておまえのこと言ってたぞ？」

言いたくなかったからだ。自分の弱味など、他人に晒したくない。

顔を背けて煙草の先から立ち上る紫煙を見つめていると、保高はそろりとした声で言った。

「とりあえず、今から一緒に病院に戻ろう」

「嫌だって言ってるだろ！」

保高の手が急に自分へ伸びてきて、志上はビクリと身を竦めた。殴られるのかと思った。むろんそんなことは起こらず、保高は厚くギプスの巻かれた志上の右腕をなにか確認するように撫でただけだった。

「ギプスを短くしてもらうだけだ。もう少し指が動かせるようにしてもらおう。そうすれば楽になるし。一緒に来いよ、どうせ俺も病院に戻らなくちゃならないしさ」

「まだ勤務中なのか？　抜けてきたのか？」

「ああ、でも大丈夫だ。おまえみたいに無断じゃないからな」

保高はふっと表情を緩めて苦笑した。笑うとやけに細くなる保高の目元は、優しげでどこか人に安心感を与える。つられて笑みを返しそうになった志上は、気を許すまいと再び顔を背け、ソファの上で身を硬くした。

素っ気ない志上の態度に保高はへこたれず、いそいそと灰皿を差し出してくる。長くなった灰を志上が落とせば、その手元をじっと見つめて言った。

「病院が嫌なら、うちに来るか？」

「え……？」

「四六時中世話はできないけど、一人でいるより楽だろ。食事の世話ぐらいできるし、着替えも俺がいるときは手伝ってやるよ。病院から近いから通院だってしやすいしな」

急な申し出に、志上はただ呆然《ぼうぜん》としてしまった。気軽に他人を自分の領域に迎え入れようとする神経が判らない。他人は志上にとって利用するためのものであって、生活を共有したり、甲斐甲斐しく世話を焼くための存在ではなかった。

「へぇ、よっぽど責任感じてんだな」

自責の念ってやつか。そう鼻で笑う志上を、保高はぽかんとした表情で見つめ返してくる。黒い硬そうな髪を、当惑げに掻き回した。

「責任っていうか……だっておまえ、困ってんだろ？」

困っていれば犬でも猫でも助けるつもりか。相変わらずの偽善者ぶりだ。十年以上が過ぎても、学校の教室での行いと変わらない。三つ子の魂なんとやらだ。

腹の内で罵《ののし》りつつ、志上は保高との生活が得策かを考えあぐねる。押し黙った志上のシャツの合わせ目を保高は摑《つか》み、手繰《たぐ》り寄せてボタンを留め始めた。

骨張った大人の男の指。保高があの善人ぶった保高であるのはもう揺るぎのない事実だったけれど、見知らぬ男の指に見えてならなかった。

結局、保高の世話になることにした。

苦手な男と顔を突き合わせる暮らしが楽しいはずがない。けれど、保高の存在にさえ目を瞑《つぶ》れば楽はできるし、ほかに断る理由も思い当たらない。頑《かたく》なに拒むのも、十年も前の過去を引《ひ》き摺《ず》っていると保高に悟られそうで嫌だった。とりあえず当面の衣類や生活用品をまとめ、志上は保高とともに部屋を出た。

病院に戻り、短くしてもらったギプスからは、第二関節辺りまで指先が覗くようになった。充分には動かせないけれど、指先で物を挟んだり押したりぐらいはできそうだ。

治療の後は保高の仕事が終わるのを待合室で待ち、病院を後にしたのは九時過ぎだった。家までは保高の車で移動した。白い型式の古そうなセダンは、ダサイことこのうえない。おまけにボンネットの前部がへこんでいる。あげく保高の運転は、助手席に乗っていて苛々するほどの鈍さだった。速度表示を見ればきっちり制限速度内、安全運転ってやつだ。

途中昨夜《さくや》のホテルの前を通過し、志上はそこで初めてボンネットのへこみが自分がぶつかった跡であろうことに気づいた。

車に乗っていたのは、ほんの十分かそこらだった。辿り着いたのは一目で築ン十年と判る古びたアパートで、舗装もしていない手前の駐車スペースに車を停めた保高は、二階が自分の部屋なのだと言った。

大人数で上ったなら、外れるか傾くか、崩れ落ちてしまうんじゃないかと不安になる錆《さ》びた鉄製の階段。木目の合板ドアの下の角は、その安っぽい合板すら剝《は》がれていて、ノブはぐらついてさえいた。

一歩足を踏み入れれば、そこは廊下を兼ねた細長い台所で、安普請な部屋は当然のように畳張りだった。もちろん一部屋限りだ。

保高は歩きにくそうに提げていた志上のスーツケースを、畳の上に下ろす。家を出る際、荷物を詰め込んで持たせた海外旅行用のスーツケースだ。銀色のアルミ製のそれは、色褪《あ》せた畳には不釣り合いなだけでなく部屋を圧迫するほどに大きかった。

——こんな狭い部屋で、どう暮らせというのだ。

「男二人じゃ窮屈じゃないのか、この部屋」

志上は目眩《めまい》を覚えながら、勧められた炬燵《こたつ》に座り足を伸ばした。尋ねるまでもなく、窮屈だ。

俺を小さな鳥かごにでも入れて飼えるとでも思ってるのか、この男は——

「なんとかなるだろ。志上、腹減ってるか？　昨日の夕飯の残りならあるけど」

冷蔵庫から小鍋を取り出してきた保高が、中身を見せる。和食と呼べばいいのか、筑前煮《ちくぜんに》らしき代物《しろもの》だった。

「昨日って、おまえ夜勤だったんだろ？　おまけに事故で家に帰ってないんじゃ……」

「あ、おとついの残りだ。でも冬だし、冷蔵庫に入れてたから悪くはなってないはずだよ」

「……いや、俺はいい。ピザでまだ腹も膨らんでるし」

腹は空いてないこともなかったけれど、そんな得体の知れないものを口にする気にはなれない。

自分の分だけを温めて器に盛り、炬燵で向かい合って食べ始めた男を、志上は奇異なものでも見る目で眺めた。自炊する習慣も意識もなく、和食を食べたければ割烹《かっぽう》に出向くのが常の志上には、おとついの残りを食すなど信じ難い光景だ。

「医者ってもっと優雅な生活してるのかと思ってたよ」

本音を呟くと、保高は苦笑した。照れ臭げに笑って、志上の嫌みに真面目に応える。

「まだ研修医になれたばかりだし、これから奨学金も返していかないとならないんだ」

「奨学金？　親が開業医とかそういうんじゃないのか？」

「まぁ……大学に来てる学生はほとんどがそうだったけど、うちは普通のサラリーマンだよ。医学部に行きたいって言ったら、六年も大学に通うつもりかって随分反対されたし」

反対を押しきったのを未《いま》だ申し訳ないと感じているのか、保高は項垂《うなだ》れた。

気に病むほどのことかと思う。借金を背負ってまで六年も大学に行きたがるのは、確かに酔狂もいいところだが、元々大学なんて親の金で遊びにいくための場所じゃないのか。合コンに明け暮れ、出席は代弁ですませ、時々おざなりのレポートを書いて夜はナンパに出かける……志上はそういうものだと思っていた。

なのに、そうまでして医者になって得るものとはなんだろうか。将来性とステイタスか？　医者というからどんないい暮らしをしてるのかと思えば、とんだ貧乏暮らし。残飯を食わねばならないほどの貧困ぶりか。

同じ二十五歳でもこうも違うとは。志上は自分の暮らしと照らし合わせ、優越感を覚えた。病院にあるのを黒塗りしただけに等しい粗末なパイプベッドに、炬燵に本棚、小さなテレビに時代遅れのコンポ、この部屋にある家財道具をすべてまとめたところで、自分の家の玄関の置物一つの価値もない。

「眠くなってきたのか？　遠慮すんなよ？」

値踏みして家具をぼんやり眺めていると、馬鹿にされているとも知らず、保高が気遣う。

「ああ……まぁな。昨日《きのう》からほとんど眠ってないし」

「ベッドを使っていいよ、志上」

「おまえはどこで寝るんだよ？」

「コタツがあるから」

保高はあっさりと言い、志上はまぁ当然だと思った。善意だかなんだか知らないが、自らこんな手狭極まりない部屋に誘ったのだ。寝る場所ぐらい満足に与えて然るべきだ。

眠る前にシャワーを浴びるつもりが、足の傷もあるから今日は拭くだけで我慢しておけと保高に止められた。頭を洗いたいという願いも、一日二日洗えないぐらいで死ぬわけじゃないと却下された。

渋々風呂場で身体を拭いて戻ってくると、保高はベッドのシーツをせっせと取り替えているところだった。シャワーは浴びさせてくれないくせに、妙なところに気の利く几帳面《きちょうめん》な男。まるで看護師みたいだ。いや、手厚さは看護師以上か。

「おやすみ、志上」

礼の一つも言わずに布団に潜り込んでも、保高はムッとした顔も見せなかった。どこまでも温厚な男といると、部屋の狭さごときで苛々する自分が滑稽《こっけい》に思えてくる。

「ああ、おやすみ」

志上は溜め息を覚えながらも返す。

眩しくては眠れないと思ったのか、十一時を回る頃には明かりを消して保高も炬燵で横になった。

二人の間には衝立《ついたて》がこしらえられていた。炬燵の天板を起こし、保高が作ったのだ。人がいては眠れない、志上のその言葉を保高はちゃんと覚えていたに違いなかった。

それでも天板の端からは、保高の頭のてっぺんが覗く。二つ折りにした座布団を枕代わりに横たわっている男の、黒い頭の影。壁のほうへ体を向けてみたり仰向《あおむ》けになってみたり、志上は寝苦しさにしばらくもぞもぞした。

「眠れないのか？　なんなら俺、台所で寝ようか？」

すっかり眠っているとばかり思っていた保高が、小声で声をかけてくる。志上はそれに応えなかった。

言われなくとも、いざとなったら蹴《け》り出してやる——

けれど、疲れが溜まっていたこともあってか、志上は考える間に眠りに落ちていた。

人は思いどおりにやれないと判ると、それをやりたくなる。

志上がホストクラブの仕事を心待ちにしたのは初めてだった。

2

翌日は出勤のシフトが入っており、昼過ぎには揚々とした足取りで保高の部屋を出た。店に顔を出すのは夕方からだったが、陰気な小部屋に籠《こ》もっていては気が滅入《めい》る。保高が仕事へ出る前に作り置きしていった味噌汁《みそしる》や炒《いた》め物には見向きもせず、イタリアンレストランで昼食を摂《と》り美容室へ向かった。

「え、毎日ですか?」

シャンプーとセットをしてもらい、帰り際、カウンターで精算をしながらしばらく通うつもりだと言って予約を頼むと女性店員が目を瞠らせる。

「片手だとセットしづらいんで」

「でも……あ、そ、そうですよね。ありがとうございます」

毎日通うなどとんだ浪費家だ。さっきまでモップ片手にフロアを清掃し続けていた若い見習いの彼女は、驚きを隠せない様子だった。けれど上客には違いない。すぐに繕った笑顔を向け、クリップボードに挟んだ予約表に志上の名前を書き込み始める。

出勤までの残り時間はショッピングをして過ごし、新しい時計とコートを買った。

女の買い物に付き合うのは苦手だが、自分の買い物であれば暇潰しにはちょうどいい。気に入る時計も見つかり、志上は上機嫌だった。やはり自分で選ぶに限る。留め具がなく、フレームとバンドが一体化した風合いもいい飴色《あめいろ》の革の高級時計は、暖かい感じがした。春まではこれで過ごそう、志上は時刻を確認がてら腕の時計を見ては気分をよくした。

どうにかギプスが袖に入る気に入るコートもみつかった。真新しいコートを翻《ひるがえ》し、早くも暮れ始めた冬の通りを歩く。いつもと寸分違《たが》わぬ自分が戻ってきた。片手が動かないぐらいで冴えない生活なんてごめんだ。ヘアスタイルに服に装飾品に、デフレだろうがインフレだろうが、この世は金さえあればなんでも手に入る。自由も幸福も愛も、無形のものですら金で形を変える。

夕方になり、会社員も帰宅し始めた通りは賑《にぎ》やかだ。信号に引っかかり歩道に立ち止まった志上は、部屋を出るときに羽織っていたコートを入れてもらったショップの紙袋を下ろし、緩んだマフラーを巻き直した。

ふと自分を見つめる視線に気がつく。派手なファッションの十代らしき女の二人連れだった。志上の顔をチラチラと見ては何事か囁《ささや》き合っている。志上は臆《おく》することなく彼女たちに微笑みかけた。顔を見合わせた二人は、『どうしよう』と互いを小突き合いつつ、明らかに嬉しげな様子を見せた。

——ほらみろ。綺麗ごとを言ったって、人の気持ちを手っ取り早く動かすのは金だ。

あのときだって、そうだった。

僅かな金で自分は生まれ変わり、人の見る目は変わったのだ。


「うそ〜骨を元に戻すのって、麻酔なしだったの？　こわ〜い、痛そう〜！」

ボックス席で志上の隣に座った客は、厚化粧の顔をわざとらしく顰《しか》めて、同情しているのか楽しんでいるのか判らない声を上げる。

金曜の夜だった。店は開店直後からほどよく混《こ》んでいて、壁に沿って並んだ十数個のボックス席はすべて埋まっている。適度に明かりの照度を落とした店内には、客とホストの繰り広げる口当たりがいいだけの空っぽの会話がふわふわと漂っていた。

志上は客の勧めで手にしたバーボンのグラスを傾けながら、この女の名前はなんだったかと頭を巡らす。赤い革ソファを囲む石の壁……黒曜石の仕切りに腕を投げ出し、ツルツルした石の表面をギプスから出た指先で何度か掻くように撫でた。

ふっと女の名前が頭に浮かび、大げさに言う。

「そうそう、俺もう泣きそうになって、『由香里《ゆかり》さ〜ん！』って叫ぶところでしたよ？」

「またまたぁ、調子のいいこと言って」

「本当ですよ。お客さんの名前全部並べたって、俺に構ってくれる女の人なんて片手で足りますもん。で、ここの一番痛かったところを押されたときに、由香里さんの名前思い出しました」

「どこ?」

「ここです。手首の横のところ」

スーツは無理に着用しても脱ぐのが困難になりそうだったため、上は薄紫のカラーシャツだけだ。ボタンも外した袖から覗くギプスを撫でる女に、志上は僅かに目を細めて微笑んだ。さもうっとりと女を眺めるかのような素振り。中身は変わらないのにカバーだけ新品に取り換えたクッションみたいに、柔らかくて触り心地のいい表情を作る。

「ああ、そうだ……新しい名刺作ったんです。俺のメルアドも入ってますから……」

ギプスの腕は三角巾でしばらく吊っておくように言われていたけれど、不格好になるのが嫌で保高の部屋以外では外していた。シャツの胸ポケットからシルバーの名刺入れを出し、志上は不自由なギプスの指先で一枚差し出した。

『あなただけ』とでもいうように、こっそりと女の耳元で囁く。

「よかったら、連絡ください。滅多にくれる人がいなくて、寂しい思いしてるんです」

メルアドといっても、実際は店の共有パソコンで受信しているだけのものだ。チェックする度に受信トレイには志上宛《あて》のメールが連なり、うんざりしつつ宛名書きのバイトの気持ちで淡々と返信をしていた。面倒だがこれもホストの仕事の一環だ。売上に化けると思えば種蒔《ま》きも肥料やりも苦ではない。女の隣で不眠に陥る夜に比べれば百倍マシだ。

ポケットに名刺入れを戻していると、隣のボックス席に座る男と目が合った。

視線が絡んだ途端に睨み据えてきた男は、店のサブマネージャー的な存在の神村《かみむら》だった。入店当時から志上の接客指導をしていた男だが、関係は悪い。所詮繋《しょせんつな》ぎの仕事程度にしかホストを考えていなかった志上は、神村の言葉をありがたがるどころか右から左へ聞き流し。そのくせ指名客は増えるとあっては、指導役の面目丸潰れで面白いわけがない。

今夜は格別に神村の機嫌が悪い。早くから志上はそれに気づいていた。原因がギプスの腕にあることも。それを話のネタに、志上が客の気を引いているからだ。

——僻《ひが》みやがって。使えるネタを使ってなにが悪い。

体を張って店の売上に貢献しているようなものなのに、不満顔をされる謂《いわ》れはない。

志上の傲慢《ごうまん》な考えは少なからず顔にも表われ、尊大な態度はよからぬ結果を生んだ。

事の発端は、志上がグラスを倒したことだった。閉店間際で客も少なくなりかけていた深夜。自分の客へのグラスをトレイに掲げてフロアを横切っていた志上は、なにかに躓《つまず》いてよろめき、グラスを傍のテーブルに向けて倒した。

「なにやってんだ、テメエは‼」

鬼の首でも取ったようなヤクザ顔負けの怒声。神村のいるボックス席だった。

神村は自分の客の服が酒を浴びたと猛烈に怒り狂った。実際は靴の先が濡れた程度だ。可哀相に客のほうが神村の剣幕におろおろしていたが、二人はそのまま店の奥に引き籠もり、しばし事務所で揉めに揉めた。

「俺は神村さんの足に躓いた気がするんですけど？」

ゆったりと腕を組み、歯に衣《きぬ》を着せず言い放つ志上は火に油を注ぐ。

「俺がおまえの足を引っかけたとでもいうのか⁉　そんな子供じみた嫌がらせを、この俺がするとでも思ってんのか⁉」

「さぁ、どうでしょう。するかもしれませんね」

「被害妄想が逞《たくま》しいな、志上。片手でトレイ持ってフラフラしてたんだろうが。だいたい怪我をネタに客の気持ちを摑もうなんざ、やることがイチイチ浅ましいんだよ、おまえは！」

「はっ、そう怖い顔しないでくださいよ。ただでさえ客もビビる面構《つらがま》えだってのに」

「なっ、なんだとっ⁉」

売り言葉に買い言葉。鬼の形相の神村を前に一歩も引かない志上は、動じもせず挑発的に薄い笑みを浮かべた。

そのときはまだ相手を嘲《あざけ》る余裕すら持っていた。

分が悪かったと痛感したのは、店の閉店後だ。志上はマネージャーに呼び出され、しばらく休むよう言い渡された。神村は古株だけに発言力を持っていた。怪我をしているホストを使うのはどうかと思う、そういう話に持っていかれてしまったのだ。
「実際、おまえ利き手が使えないわけだしねぇ。客に引っかけたのがシャンパンだったから
まだよかったけど、ものによっては大事《おおごと》に……」
「だからそれは神村さんがっ！」
「あいつはトップクラスのおまえの人気が下がったらまずいから、治療に専念させてやれっ
て言ってたぞ」
どこの世界も要領がものをいう。
どうにも治まらない腹立たしさを抱え、志上はロッカー室でコートを羽織った。
ギプスが取れるまでといえば、つまり一ヶ月半。この仕事に愛着なんてありはしないが、
その間に自分の指名客がほかに流れるかもしれないと思うと面白くない。もしかすると、神
村の嫌がらせはそこまで計算してのことなのか。
浅ましいのはどっちだ。
まぁいい、客を取り戻すのは簡単だ。『休んでいる間に指名客が一人もいなくなった』な
んて哀れな態度を装えば、客はまたいくらでも寄ってくる。
志上は自分の儚げな容姿が、女性の母性本能を擽《くすぐ》るのを心得ていた。
気を取り直し、滑るような足取りで店の入口から表に続く細い階段を下りる。下りきった
ところで、隣のテナントビルの前に、人待ち顔で突っ立つ女がいることに気づいた。

夜の店が犇《ひし》めく歓楽街だ。深夜十二時を回った時刻でも、通りには酔っ払いやキャバクラ勤めの女が闊歩《かっぽ》していたが、女が一人で立ち尽くすのが自然な場所ではない。

淡いピンク色のコートの肩先を震わせている女が誰か、志上にはすぐに判った。

目が合うのが嫌で、無視を決め込んだ。コートの襟を立てて行き過ぎようとする。

「……里利？　待ってたのよ、里利！」

女は縋《すが》りつく勢いで声をかけてきた。ツイてない。今日は最悪の一日だ。

舌を打つ志上は仕方なく振り返り……けれど、向かい合った瞬間には顔を綻《ほころ》ばせた。

優しい表情を作り、嬉しげに微笑んだ。


女と付き合っていたのは二ヶ月前までで、半年ほどの交際だった。滅多やたらにベタベタとした関係を好む彼女は、志上を辟易《へきえき》させることも度々だったけれど、起業家の父親がベンチャー企業で成功していて金回りはよかった。

別れるきっかけは、その父親の会社が倒産したことだ。父親の庇護《ひご》を失った女は泣いた。志上より年上の二十九歳だったが、『どうやって生きていったらいいの』と泣きじゃくり、『働くしかないだろう』という志上の言葉には耳を貸さなかった。いくら慰めても励ましても埒《らち》があかず、どのみち付き合ってはいけないだろうと思った。

金の切れ目が縁の切れ目、彼女だってそれを判っていたはずだ。

次第に女を遠ざけ、志上はついに連絡をしなくなった。『会いたい』と執拗《しつよう》にメールや電話を続ける女の鈍さとしつこさにうんざりしつつも、『忙しいから』とやんわり断った。忙しいのは嘘じゃない。ほかの女や新しい女との付き合いもある。自分にだって生活がある。志上にとってはそれが仕事なのだ。

「あんなとこでずっと待ってたのか？　寒かっただろ、店に入ればよかったのに」

久しぶりに会った女は首を振った。顔を見たいなら店に来ればいいのに、彼女は元々、付き合い始めてから店に寄りつかなくなっていた。

指名客が一人減ったところで大して困りはしないけれど、志上には不可解な行動だった。店で話すことと、表で話すことに、なんの違いがあるのだろう。

「……里利、会いたかった」

泣きそうな声音で、彼女は何度も何度も繰り返した。外で本当に泣き出されでもしたら面倒だ。客の目に留まろうものなら、仕事にだって支障がでる。

志上はげんなりしながらも、誘われるまま女の部屋に向かった。

「引っ越すのか？」

何回も訪ねたことのあるマンションの部屋は様変わりしていた。壁際に生活用品が入っているらしい大きなダンボール箱が積まれている。部屋の家具は粗方運び出された後らしく、ベッドと小さなテーブルしかなくなっていた。

まぁいい、と志上は思った。ベッドさえあれば女の望みは叶えてやれる。怪我には驚きながらも部屋に誘ったのだ。片手でのセックスは不自由だろうけれど、上に乗っかって腰を振るぐらいのことは喜んでするだろう。

「パパが売りに出してしまったの」

相変わらず三十間近とは思えない甘ったれた声の女は、父親をまるで援助交際の相手のようにパパと子供っぽく呼ぶ。

コートを脱いでベッドの端に並んで座ると、志上のシャツの襟にしがみついてきた。皺《しわ》になっては困る。そっと細い女の指を解き、自分の首に回しかけた。

面倒くさい。ヤるのなら早く終わらせよう。飢えた振りをして、志上は積極的に女の唇を貪った。

「里利……傍にいたい、離れるのは嫌……」

女は薄いブラウスの上から胸を探られ、息を詰めながら言う。

志上は相手の言葉をどんなときも否定しなかった。拒まれることを誰も望んではいない。優しげなのは顔立ちだけではなく、どんなときも女の話は肯定し、包み込んだ。好きも愛してるも。キスして、セックスして、もっとたくさんして——言われるままに全部受け入れた。次から次へと許容してきた。

それが相手の望みであり、自分への期待だったから。

「俺も本当は一緒にいたいよ」

だから今もそれに応える。もう金と引き換えにはならないが、アフターサービスだ。

けれど女の続けた言葉が、志上をまごつかせる。

「私、もうここにはいられない。里利、あなたの部屋に行ってはダメ？　お願い、一緒に暮らしたいの……ずっと一緒にいたい」

「それは……ごめん、できないよ。俺は仕事も不規則だし、不自由な思いさせるだけだから」

「でも、一緒にいるって言ってくれたじゃない。あれは、嘘だったの？」

責める眼差しで彼女は呟き、待ってましたとばかりにポロリと涙を一筋零《こぼ》した。

「……もう、嫌。やっぱりそうだったのね、里利の言葉は口先ばっかり……嘘ばっかりよ！」

嫌なのはこっちだ。嫌ならそのまま別れればいい、会わなければいい。路上で凍えて待っていたから、体ぐらいは温めてやってもいいと思った。縋ってくるから、こうして応えてやっている。女というのはどうして話をややこしくしたがるのか。全ての責任を男に押しつけたがり、なにが気に食わないのかすぐに泣く。

「どうして騙《だま》したの？　ずっと傍にいるって言ったじゃない！　何度もそう言ったのに‼」

俯いて泣きじゃくり始めた女を前に、志上は繕うことも忘れて苛々と髪を掻き上げた。

一緒にいたいぐらいは言ったかもしれないが、一緒に暮らそうとも結婚したいとも告げた覚えはない。そんな恐ろしい言葉を自分が吐くものか。それに自分を嘘つきと詰るなら、女のほうだって同じだ。女はことあるごとに言ったのだ。二番目でも三番目でもいい、傍にいてくれるだけでいいと。志上の負担にならない存在でいたいとも……あれはなんだったのかと思う。

デートにセックスに睦言《むつごと》に、望むものはすべて与えた。優しい言葉も愛している素振りも……振りだったのだから嘘と言われればそうかもしれないけれど、本物とどこが違う。

休日の時間をデートに費やし、眠い目を擦《こす》りながら帰りは家まで車で送り届けた。純粋な感情で結ばれているカップルだって、気持ちが萎えれば別れる。金が切れたから別れる、愛が失せたから別れる、同じことだ。大して変わりはしない。何故自分だけが一方的に責められなくてはならないのだ。

「ごめん、俺が悪かったよ。ずっと……なんて、君を誤解させる軽率な言葉だったかもしれない。でもあのときは俺だって本気だったんだ。大丈夫だって思ったんだ！　でも……」

怒りに身を任せそうになる自分をどうにか抑え、志上は女を宥める言葉を並べ立てた。けれど、反抗的になった女は志上を罵って、喚《わめ》く。

「嘘！　最初から本気じゃなかったくせに。お金目当てだったんでしょっ？」

泣き出した女は手に負えない。一度牙《きば》を剝《む》いた獣と同じで、手なずけることは難しい。それに、もう懐《なつ》いてもらう必要もなかった。

「帰るよ、もう二度と会わない。俺を金目当てのロクデナシだと思ってたんなら、それでいいだろ?」

志上は女の気を静めるのをすぐに諦めた。

「どうして! 愛してるって言ったじゃない!」

だから、それは嘘だったと判ったから泣いているのではないのか。支離滅裂《しりめつれつ》だ。嘘だと言いながら、その嘘に縋って自分を引き止めようとする。志上には理解不能だった。

床に落としたコートを拾って立ち上がると、女はシャツの袖に縋りつく。怪我をした手を庇《かば》いながら振り払うと、ベッドに腰を落としたまま志上を見据えた女は言った。

「……ができたの」

「……え?」

「子供ができたの、私……妊娠してるのよ」

女の目はまだ泣き濡れていたけれど、その眼差《まなざ》しはきつかった。憎しみすら感じる眼差しで、なのに口元はどこか薄気味悪く微笑んでいるように見えた。口紅の刷《は》かれた唇は鈍く光っている。

寒気のする言葉に、部屋の空気も冷える。

「……くだらない嘘はやめてくれ」

「本当よ。試薬を買って検査したの、明日にでも病院に行くつもりだから。間違いなんかじゃない。私にはちゃんと判るの。女だもの。ここにね、赤ちゃんがいるの。私と里利の子供よ？」

骨張った青白い手で下腹部を押さえてみせる女の姿にぞっとした。

本当なのか、嘘なのか。妄想の激しい女の思い込みか、試薬の結果が間違っていたのか
——どうでもよかった。

ただ、志上は身を引かせた。背筋を走った震えが身震いとなって全身を包み込む頃には、怖《おそ》れは怒りに変わっていた。

「……るな。調子に乗るな！　さっきから聞いてやってれば、図に乗るのも大概にしろよ。泣いて喚いて、最後はそれか。そんな安っぽい脅し文句で俺が困ると思ってんのか。俺がなびいて結婚したがるとでも……」

「信じたくないの？　パパになるのは怖い？」

「やめろ」

「だって、あなたの子供よ、里利」

執拗に追い詰める言葉に、理性の箍《たが》が外れた。

「ちくしょう、いいかげんなことを言うなっ！」

「なにをするの？　里利、あたしを殴るつもりなの？」

志上が振り上げた手に、女は怯《おび》えた目をした。それすらも嘘に思えた。目に湛《たた》えた涙に、

人工的に光る口紅。細い体と柔らかに膨らんだ乳房。殊更女の性を強調するように身を包む、そのひらひらとフリルのついたブラウスも、すべてが不意に醜悪なものに映った。

「はっ、ふざけやがって……」

志上は握った拳《こぶし》を震わせる。

子供だって？　俺の子供――絶対にそんなことがあるはずはない。

「女だから殴れないとでも思ってんのか？　この嘘つき女め！」

憤りのあまり、熱くなるどころか志上の言葉は冷たく冴えた。


玄関口で靴を脱いでいると部屋の奥から声が聞こえた。

誰か来客でもいるのかと志上は周りの靴を確かめたけれど、そこにはきちんと揃えて置かれた保高の革靴しかなかった。

多少くたびれてはいるものの、手入れよく磨かれた黒い革靴。志上は一瞥《いちべつ》して家の中へ足を踏み入れた。

「……いやいいよ、気にしなくて。俺も電話しようと思ったんだけど、時間が遅くなったし、どうしようか迷ってたんだ。明日は当直だし、今夜話せてよかったよ」

炬燵に片肘をついて受話器を握る男の横顔が目に映る。

元から柔和な話しぶりの男だが、また格別に優しく穏やかな口調。はにかんで綻んだ口元に、志上は直感的に電話の相手は女だと思った。

人が散々な夜を過ごしてきたってのに、女と深夜の電話とはいい気なものだ。

「ああ、次の日曜は……うん、大丈夫だよ。また連絡するから、そのときに待ち合わせの時間を決め……」

志上の体重にキッチンの床が軋む。部屋に入ると、ようやく気づいた保高が視線を向けた。にこりともせずベッドの上にコートを脱ぎ捨て、不自由な動きでネクタイの結び目を解いていると保高は慌ただしく電話を終えた。

何食わぬ顔で帰ってきた志上を咎《とが》めるように言う。

「志上、こんな時間までなにしてたんだ。もう二時過ぎてんだぞ」

「なにって、仕事に決まってんだろ」

「仕事？」

「クラブのシフトが入ってたんだよ。言ってなかったか？」

そういえば知らせていなかった。普段から昼近くまで惰眠を貪る志上は、今朝保高が仕事に出るときにはまだ眠っていたし、起きるなり身支度を整えて出かけたのだ。保高が律儀に昼食について書き残していった炬燵の上のメモも、チラと目を向けただけで寝癖のひどい髪を整えるのに忙しくて、まともには読んでいなかった。

「仕事か……なら仕方ないけど……とにかく、出かけるときはちゃんと前もって言ってくれよ。なにかあったんじゃないかって心配するだろ」

大きななりしたいい大人を心配か。

本当に母親でもできたみたいだ。志上はくすりと笑って応えた。

「ああ、悪かった。次からはそうするよ……って言っても仕事はなくなっちまったけど」

「なくなった？」

「ギプスが取れるまで店には顔を出さなくていいってさ。目障《めざわ》りなんだろ」

肩を竦ませて言うと、保高のほうは逆に肩を落として項垂れる。

「そうか……迷惑かけてるな」

「べつに。休暇ができたと思えばなんてことないしな」

志上は苦笑しつつも、大したことではないと明るく言い放った。この機会に今付き合っている女たちをマメに構っておくのもいい。怪我をしたうえに店から閉めだされたとなったら、同情心を掻き立てられ、アレコレ尽くして手でも金でも差し伸べてくるに決まっている。

保高は志上の見せた笑みに、ホッと息をつき安堵の表情を浮かべた。

「そうだ……志上、夕飯はちゃんと食べたのか？　腹減ってないか？」

「え……ああ、そういえば食べてなかったな」

昼食を摂ったきり、店でツマミ程度のものを口にするだけで食事らしい食事はしていない。

意識すると、空腹であるのに気がつく。

「まぁ座れよ、用意してやるから」

志上が炬燵に座るのと入れ替わり、保高は狭いキッチンに向かった。あの昼に用意されていた炒め物でも出してくるつもりなのか、レンジになにか押し込んでいる気配がする。温め直した炒め物など不味《まず》くて食えたものではない。空腹と不味い料理を頭の中で秤《はかり》にかけていると、温めの終了したレンジの音が聞こえた。

食欲をそそるスパイスの匂《にお》いが、ふわりと鼻腔《びこう》を擽るように漂ってくる。

保高が白い皿に盛って運んできたのはカレーだった。

カレーなら口に合うも合わないもない。志上は不平は零さず受け取った。

「夕飯に作ったんだ。美味《うま》いか？」

黙々とスプーンを動かし、口に運んで食べ始めた志上の反応を、炬燵布団を胸元まで引き寄せて座った男は窺う。

「ああ、なんか懐かしい味だな」

ホテルのカレーのような高級肉も入っておらず、極普通のカレーだったけれど、確かに美味い。

一心に食べ続ける志上を見つめ、保高は嬉しそうに顔を綻ばせた。

「よかった。昼は考えなしですまなかったよ。食べづらそうだったから食わなかったんだろ？

そうだよな、利き手が使えないんじゃ箸《はし》で食べるものは億劫になるよな。片手でお椀《わん》持ったら、もう箸で味噌汁の具は運べないし」

保高は人のいい顔で笑っている。

そういえば、昼のレストランでの食事は途中で投げ出したくなった。左手のフォークだけでは食べづらいものがあり、苛ついてしようがなかった。今食事が美味しく感じるのも、集中して味わえるのも、飢えているからではなくスプーン一本で食べられる料理だからなのだ。

気がいいといおうか、お人よしといおうか。保高は自分が手をつけていなかったのを、怪我で不自由なせいだと思い込み、考えあぐねた末にカレーを用意して帰りを待っていたのだ。

志上の僅かな良心も、さすがにチクリと痛む。

居心地が悪いったらない。満足げに見つめてくる視線も煩わしくて、志上は気を逸らすように問いかけた。

「そういえば……さっきの電話、女からだろ。彼女か?」

「え……ああ、まぁ……そうだな、付き合ってる子だよ」

保高は決まり悪そうに頭を掻いた。

意外だった。保高のような男は、学業だの仕事だのに勤《いそ》しんでいるうちに、気づけば寂しい独り身の中年男に成り果てるタイプだと思っていた。

「へぇ、どこで見つけたんだ?」

「半年前に、その……実はコンパなんだけどさ。いつもは断るんだけど、そのときは人数が足りないからって誘われて……」

ポツポツと気まずそうに語る保高は、ただのコンパすら響きのいいものではないと思っているらしい。若干の興味を覚えてさらに聞き出すと、コンパは同僚に強引に駆り出され、知り合った彼女とは、向こうから交際を持ちかけられて今に至っているのだという。

「今は覚えることが多くて仕事も忙しいし、当直も多いからさ、最初は彼女なんて……と俺も思ったんだけど、それでもいいって言ってくれるから」

「へぇ、随分と惚れられたもんだな。なんだよ、もしかしてノロケか？」

「いや、違う、そういうんじゃないんだ。本当に俺でいいのかと思ってるんだけど……まぁ、変わってるっていうか……ありがたい子だよな、確かに」

口ぶりから察するに、保高はそれほど相手を好きではないのかもしれない。とはいえ保高も盛りのついた若い男だ。よほど嫌な女でもないかぎり、言い寄って来られれば食いついていくのは当然だろう。

どんな付き合いをしているのかは容易に想像がつく。デートは食事に映画に、そしてセックス。見返りはなにも得られない、時間を浪費するだけの非生産的な関係。ありふれたカップル、ありふれた恋愛。恐ろしいことに、当人たちはそれを幸せだと信じている。

だのに、時折思い出したように刺激が足りないだの、退屈でつまらないだのと不満を漏らし、そのくせ自分のようなホストを生業《なりわい》とする男はサイテーだと罵るのだ。

「志上？」

いつのまにか険しい顔になった志上が動きを止めたスプーンを握る手を、保高はじっと見た。

「ああ、べつに……」

「おまえ、どうしたんだ、その手？」

「……手？」

なんのことか判らず左手に目を向け、志上はぎょっとなった。

複数の指の背にべったりと残った赤い汚れ。つい一時間ほど前、腹立たしさのあまり殴りつけてしまった女の口紅の色だった。

「怪我でもしたのか？　血が出てるんじゃ……」

心配げな顔の保高は、身を乗り出して覗き込んでくる。志上は慌てて傍にあったボックスのティッシュを抜き取り、指を拭った。

「いや、違うよ。なんともない、どこかで汚したみたいだな」

「そうか、ならいいけど……おまえ、気をつけろよ。左手まで怪我したら不自由どころの話じゃなくなるぞ？」

一体どういう顔料でできているのか、落ちにくい口紅だ。志上はティッシュがぼろぼろになり、手がひりつくまで強く擦った。

保高が口紅と気づいたかは判らない。判ったところで、保高は女に暴力を振るったせいだとは露とも思わないだろう。

真面目で温厚な男。どんな理由があっても、人に手を上げたりはしないだろう男——自分が女を拳で殴りつけて帰ってきたと知ったらどんな顔をするのだろう。

驚いて、そしてくだらない説教でも始めるかもしれない。

志上はスリルでも楽しむかのように想像し、おかしく思った。

けれど、どうしてか顔を上げることができなかった。俯いたまま、跡が消え去った指をいつまでも擦り続けていた。


それから三日間は何事もなく過ぎた。

悪いことは続いて起こるというが、車に撥ねられ、一時的にだが仕事を奪われ——これ以上の不運が重なるとも思わない。

その日、志上は部屋に服を取りに戻ることにした。結局上着の袖も通らず、休職でいらなくなったスーツなんかより、多く欲しいのは着心地のいい普段着やパジャマだ。早くから思い立ってはいたのだけれど、三日間ずっと真冬らしく雪がちらついていて表に出る気になれないでいた。

雪がやんでいると気づいたのは、午後になってからだ。退屈凌《しの》ぎに眺めていたテレビを消し、ふと窓の外を見ると、チラついていた白いものがない。

当直明けで保高は炬燵で横になり眠っていた。自分のベッドなのだから、志上の使わない昼間は横になればいいものを、完全に明け渡したつもりなのか、そこで寝ようとはしない。炬燵布団の端を抱きしめて寝る男の顔は、疲れのせいかしかめっ面で、そのくせどこか幼く見えた。

「おい、保高」

志上はその肩を揺さぶり、マンションに一旦戻ると告げる。

うっすらと積もっていた雪もほとんど溶けていた。一人で帰るつもりだったのに、目を覚ました保高は車で送ると言った。べつにタクシーで帰ってもよかったのだけれど、断る理由もない。

色の悪い男の横顔に、遠慮してやるべきだったかと思ったのは、駐車場の車の助手席に座ってからだ。

「痛むのか？」

無意識に右手のギプスの上をしきりに摩《さす》っていると、心配げに問われた。保高はいつもよく自分を見ている。医者だから察しがいいのか、眠たげな目を擦りながらハンドルを握った男の寝起きで掠《かす》れた声に、志上は首を振る。

「いや、痒《かゆ》いだけだ」

違和感たっぷりだったギプスの存在や重さにもようやく慣れたものの、痒くなってもかけないのは悩みの種だ。

「そうか……ギプスが痒いのはみんな言ってるからな。なにかいい対処法がないか聞いとくよ」

「……おう、頼む」

そんなものがあったら、みんな実践して不満も零していないだろうと思うが、この際気休めのまじないでもいい。

腫れも引いてきたせいか、ギプスは少し緩んできていた。完全に腫れが引いたら一度取り替えることも検討しようと担当医には言われている。

——もう少し細くなってくれたら、着る服にも悩まずにいられるかもしれないな。

車窓に流れ始めた自宅付近の景色をぼんやり見ながら、志上はワードローブの中身を頭に思い描く。服はなにを引っ張り出そう。そろそろ誰か女にも電話して、会う約束を取りつけなくては。店も休む分、臨時の収入は欲しいところだ。

言葉少なに座った助手席ではそんなことばかりを考えていた。

志上が発しようにも言葉を失ったのは、辿り着いたマンション前の路地に保高が車を停めた瞬間だ。

フロントガラス越しに映った自宅マンションの姿に、志上は愕然《がくぜん》となった。

驚愕のあまり、口が半開きになる。これは夢……悪夢なのか。現実逃避ではなく、本気でそう思った。車の助手席に収まっている自分も、さっきまでテレビを眺めていた自分も、今朝目覚めたときの記憶もすべてが一連の夢のような気さえしてきて、早く起きなくてはとうろたえた。

「志上、まさか……」

保高の低い声に、ハッとなって現実感を取り戻す。車のドアを開けようと、グリップを握った志上の左手は感覚をなくして冷えた。

午前中まで降り続いた雪が溶け出し、濡れた路面。泥色のシャーベット状となった雪の上に靴が沈む感触も、吹きつけてきた風の冷たさも、衝撃のあまり感じられない。

白い薄曇りの空の下、聳《そび》えるマンションの上階は一面が黒く染まっている。

なにが起こったのかは容易に知れた。火事だ。そして確かめるまでもなく、その階は自分の部屋のある階だ。

信じられない。信じたくない。頭は否定するばかりで役に立たない。

しばらくの間立ち尽くした志上は、今度は猛然と走り出した。

小綺麗なエントランスへ飛び込む。郵便受けの並ぶ見慣れたホール、いつものエレベーター、いつもの階の通路――

けれどその通路の先からは異様な臭《にお》いが漂う。奥の部屋は火事で黒く焼け爛《ただ》れていた。コートのポケットに押し込んできたキーを取り出す。その必要はない。志上の部屋であったはずの扉は、古びた鉄のフライパンの底のように黒く焦げた板となり、外れ落ちて通路の手摺《てすり》に立てかけてあった。

ぽっかりと空いた黒く広い空洞。すべてが燃え尽きて跡形もない部屋。それが自分の部屋だとはどうしても理解できない。志上は落ち着きなく体を動かし、キョロキョロと視線を彷徨わせた。どう信じまいと頑張ったところで、この部屋は自分の部屋だ。

「志上っ‼」

路地に取り残された男が、叫び声を上げて階段を駆け上がってくる。保高の姿に、志上はショックのあまり視点の定まっていない目を向けた。

「おまえの……部屋なのか、やっぱり……」

階段で息が上がってしまったせいか、驚きのためか、保高の声は途切れがちだった。

「……五号室の人？　志上さんでしたっけ……本当に無事だったんですね」

保高の叫び声に気づいたエレベーター脇の部屋の住人が、ドアを開けて顔を覗かせる。住人付き合いはほとんどないに等しいマンションだったが、見覚えのある顔だ。何度か通路やエレベーターで顔を合わせて会釈程度はした若い女だった。

女は二日前に火事になったのだと言った。志上の所在が摑めず、消防や警察署の署員が捜しているとも。

焼け跡に人の姿がなく、不在だろうとは言われていたとか、隣の部屋の住人がガスの臭いを数日前から感じていたと訴えているとか。女があれこれと説明する声は聞こえていたが、志上の頭にはほとんど届いてなかった。

どうしたらいいのだろう、どうしたら——なにもできはしない。まずは消防署か警察に出向いて……そんなことがしたいわけじゃない。

呆然となったまま、フラつきながら保高と共に車に戻った。まだ思考のまとまらないでいる志上の耳に、路地に立ち止まった二人連れの主婦の声が聞こえる。

「知らなかったわ〜、いつの間に？」

「おとついの明け方よ、もう消防車がすごかったんだから！　放水っていうの？　主人が見に行くぞ行くぞってうるさいもんだから、私まで引っ張り出されちゃって。うちのマンション向かい合わせでしょ、ベランダも人が鈴なりになってたわよ〜」

人の不幸を語るにはどこか浮《うわ》ついた調子の声。主婦の間で退屈そうにしていた幼い子供が、マンションを見上げて騒いだ。

「ママ、みて〜っ！　まっくろなの、まっくろぉ〜っ‼」

志上は開きかけた車のドアから手を離し、バッと振り返った。

突発的に猛進しそうに躍らせた身を、走り寄った保高の腕が押し留める。

「落ち着け、志上！　しっかりしろ、落ち着くんだ‼」

強い風が路地に吹く。マンションの上階、志上の空っぽの部屋を吹き抜けた風に乗って、黒い煤が雪のようにひらひらと舞い落ちてくる。

それはあの晩、舗道で自ら火を点けた一万円札の燃えカスを思い起こさせた。


そのまま保高に付き添われて消防署へ向かい、話を聞いた。火の勢いが凄《すさ》まじく、原因はまだ調査中で、はっきりしたことは言えないと告げられた。夕方までかかって、管理会社に連絡を取ったり時間を費やしても、判ることはまだほとんどない。判ったところで、悪夢からは覚めない。

確かなのは、部屋が燃えて跡形もなくなってしまったことだけだ。その事実は、じわじわと現実感を伴って志上を落ち込ませた。

頭ではまだ鮮明に浮かぶ自分の部屋。けれど、家具も服も置きっ放しにしていた現金も、もう戻ってはこない。燃えてしまったのだ。火災保険には加入していない。火事はテレビのニュースか、遠くに聞こえるサイレンで知るもの。自分には縁はないと、根拠もなく信じていた。

銀行の預金は取り戻せても、失ったものすべてを一度に買い戻せるだけの蓄えはない。派手で刹那《せつな》的な生活を好む志上に、貯蓄をする堅実さはなかった。

「志上、大丈夫か？　疲れただろう……ほら、飲めよ」

保高の部屋に戻ったのは、日も沈む頃だ。炬燵布団に包《くる》まって膝を抱え、俯いたまま放心している志上にマグカップが差し出された。コーヒーはブラックしか飲まないと伝えていたのに、カップの中身はミルクがふんだんに入ったものだ。

「おまえ、ずっとなにも食べてないだろ」

撥《は》ねのける気力もなく、無言で受け取り志上は飲み始めた。空きっ腹に沁《し》みる。

「夕飯さ、なにが食べたい？　たまにはステーキとかにしようか、奮発するから。外で食べるか？　焼肉とか寿司でも……そうだ、飲みに行くのはどうだ？　志上は居酒屋じゃ飲みそうもないな。どういうところでいつも飲んでるんだ？　やっぱり洒落たバーとか、いいホテルの……」

常に落ち着いた話しぶりの保高が、早口で言う。元気づけるつもりなのだろうが、なんの励ましにもならない。それどころか、志上は癪《しゃく》に障り保高を睨み据えた。

溜め込んでいたものが溢れ出す。

「なにが嬉しいんだよ」

「え……？」

志上の押し殺した声に、保高が虚をつかれた顔になる。

「なんかお祝いでもしたいのかって聞いてんだよ」

志上の頭を過《よ》ぎったのは、マンションの前での主婦の会話だった。

あれが人の本性だ。他人の不幸を内心嘲《あざ》笑う。

「おまえだって本当は俺の不幸を楽しんでるんだろ？　腹ん中じゃ笑ってるくせして、善人ぶらなくていいよ」

「志上……楽しんでなんかいるわけないだろ。俺はただ、少しでも気分転換になればと思って……」

「……どうだか。不幸な人間に構っていれば、自分をいい奴にできるからな。幸せにも思えるし？　俺はこいつよりはマシだってね」

自分でも卑屈な言い草だと思った。でも本当のことだ。人の親切心なんてどこまで信用していいか判らない。人は他人の不幸を前に、同情しつつも自分が満たされていることに気がつく。贅沢《ぜいたく》を言ってはいけない、自分は幸福なのだ、もっと懸命に生きなくてはと、心動かされる。

憐《あわ》れまれた上に、そいつの心の糧《かて》にされるなんてごめんだ。

「保高、あのときだってそうさ、おまえは……」

過去を仄《ほの》めかしそうになり、志上はハッとなって口を閉ざした。

眉根をぐっと寄せた保高は、気まずそうに俯く。志上はその様を見ていたくなくて、視線を逸らした。

保高は覚えているのだ。こんな状況に陥っても、保高は自分に『実家に連絡しなくていいのか』とは問わない。怪我をした事故のときも、そして今日も……家族を頼れと言わない。

保高は自分の特異な家庭環境を、少しも忘れていない。

特異どころか、志上は今はもう綺麗さっぱり祖父母とは縁を切っていた。

ずっと幼い頃から不仲だった。問題だらけの孫だったのだから仕方ない。高校を中退して家を飛び出し、それきりにしたのは自分だけれど、いなくなって二人はホッとしたろうと思う。捜したかもしれない。でも胸を痛めたのだとすれば、それは孫が戻ってこないからではなく……帰ってくるのを切望しなければならないという立場だ。本音と建前。心の底から帰りを待ち望めない自分たちに、彼らは苦悩したかもしれなかった。

両親はいない。顔も知らない。ただ知っているのは、両親は志上の誕生を苦に死んだことだけだ。ムリシンジュウだった。その言葉を志上は親戚の会話から耳にした。まだ言葉を上手《うま》く理解できない子供だった志上は、どんな病気なのだろうと辞書を引いて調べた。

志上の両親は兄妹《けいまい》だった。近親相姦《きんしんそうかん》の末に生まれた子供。小学校、中学校、どこへ行っても自分の生い立ちはいつの間にか知れ渡る。奇異な眼差しを向け、排除しようとする。

社会の倫理に反して生まれた志上は、左手には目につくその証《あかし》もあった。

子供を取り上げたとき、産婦人科では発育に問題がないかを確認する。内臓から手足の指に至るまで。親指、人さし指、中指――志上の左手には、名前のつかない小さな指があった。小指の付け根に生えた小さな六本目の指。祖父母は天から授かった指だと整形を拒んだ。

血の繋がった兄妹で愛し合い、その結果愛されない子供だけが残った。『天からの授かりもの』なんて、本気で手放しで喜んだとでもいうのか。父と母に、死を覚悟するほどの苦しみを与えた子供だ。

志上はずっと孤独だった。志上の生い立ち、左手の名のない指、それらは『赤いリボン』だった。アヒルが首に結ばれた、真っ赤なリボン。アヒルと同じく、集団生活を営む子供たちは、リボンのついた志上から逃げ回る。

中学の卒業を機に、志上は保護者の同意も勝手にでっちあげ、指を整形した。

生活は一転した。女からは愛され、男からは羨《うらや》まれる。毎日が楽しくてならず、面白おかしくなった。指を切って落としただけで、それまで近づかなかった人間だけでなく、運までもが寄って来たみたいだ。

諦めていたものが、易々《やすやす》と手に入る。高校二年のときに知り合った女は十五も年上で、志上が家を出たいと言ったら簡単に援助してくれた。自分を内心疎ましがっているはずの祖父母とはそこで縁を切った。

誰もが幸せになれた。志上も祖父母も。生まれて十五年与えられなかったものは、たった十数万のお金でなにもかも叶えられた。

首に赤いリボンを巻かれたアヒルは、リボンをちょんと切ってやれば、またみんな仲良く群れる。

ただハサミを得るには金が必要だというだけ。

「……とにかく」

保高の声に、志上はいつのまにか凝視していたカップの中身から視線を戻した。

「志上、とりあえず俺の家にいればいいから。事故の保険金も、少しでも早く下りるようにするし、ケガが治るまで……いや、新しい家が決まるまで好きなだけいるといい。ここにいれば生活には困らないだろ？　不自由な思いはさせないから……」

どうにか励まそうと、必死で言葉を探しているのだろう。

たどたどしい声で、しかし懸命に力づけようとする保高の目は、真剣だった。

「なんだ?」

志上の視線に戸惑った表情を見せる。

「おまえって変な奴だよな」

「えっ?」

「いや、嫌になるくらいお人よしだと思ってな」

保高といると調子が狂う。過去を知っている男だからか、どうしていつも自分はこの男の前では可哀想な存在になってしまうのだろう。自分はもう寂しくも痛ましくも、惨めな男でもない。

そうだ、すべてを手に入れ、満たされていたのに――

「志上……俺はべつにお人よしなんかじゃないよ」

男のぽつりとした呟きに、謙遜《けんそん》なんかには付き合ってられないと志上はただ軽く苦笑し、静かにカップのミルクの多すぎる飲み物に口をつけた。

表面に張っていたミルクの薄い膜を飲んでしまい、喉に絡んで不快だった。

3

最初は充電が上手くできないだけなのかと思った。

携帯電話が事故の後一度も鳴らない。不思議に感じてはいたけれど、女たちとは会ったばかりだし、なかなか進んで構う気にもなれないしで、志上は深く気に留めていなかった。

電源が入るだけで、通話不能の状態に陥っていると知ったのは、ショップに持ち込んでからだ。

事故の衝撃で壊れたらしい。登録していたナンバーももう読み取れないと言われ、ショックだった。志上は二台目としてスマートフォンも所有しているが、客と連絡を取り合ったりメインにしていたのは壊れた携帯だ。どうしてこうも次から次に悪いことばかり起こるのか。購入したばかりの希少なモデルで気に入ってもいたのに。ショップの店員がまだ探せば在庫が見つかるかもしれないと言うので、とりあえずそうしてもらうことにして店を後にした。

どのみちアドレス帳のデータが失われたのでは、付き合っている女の誰一人呼び出せない。いくら思い出そうとしても、頭の三桁《けた》……つまり090や080の先を志上は一つも覚えていなかった。

家を訪ねようにも、三人とも最近付き合い始めたばかりの女でホテルでしか会っておらず、束縛されたくないがゆえに距離を作っておいた関係が、どんなに希薄だったかを思い知る。部屋を知っていた唯一の女とはすっぱり別れてしまった。

あの女、殴ったりしなければなにか役に立っただろうか。

身勝手なことを考えてもどうにもならない毎日。そうこうしているうちにも、保高の家での退屈な生活は十日が過ぎようとしていた。

「四百四十円です」

にこりともせず愛想のないコンビニのバイトが、事務的な声で告げる。志上はすでに慣れた仕草で財布をギプスの右腕と体で挟んで支え、小銭を探り出した。

支払いを済ませ、煙草の一箱入った小さなビニール袋を提げて店を出る。目に留まった雑誌を立ち読みしていたせいで、時間をかなり費やした。買って帰って読みたかったけれど、このさい無駄な出費は控えたい。とりあえず怪我が治って仕事に復帰するまでは、倹約するに限る。

よもや自分が小銭を気にする日がこようとは——

志上は重い気分で夜道を歩いた。寒さのせいで急ぎ足になる。五分とかからず、保高の部屋まで辿り着いた。借りている合鍵で玄関ドアを開けると、誰もいないはずの部屋に、消しておいた明かりが灯《とも》っている。

まだ八時過ぎなのに、保高はもう帰ってきたんだろうか。

部屋の奥からは密《ひそ》かな話し声。また電話かと思ったけれど、ふと見下ろせば玄関には女物の小さなパンプスが揃え置かれている。

誰のものかはすぐに判った。保高の例の女だ。今や毎日が休日状態の志上には無関係なものの、今日は日曜日だ。休日の保高は、『彼女と約束がある』と申し訳なさそうに昼には出かけていったのだ。

「志上、どこに行ってたんだよ?」

そろりと部屋に顔を覗かせると、保高は少し緊張した顔でぎこちなく志上を迎えた。

「ちょっとコンビニにタバコを買いに……」

「こんばんは」

コーヒーカップを両手で携え、炬燵にちょこんと座った小柄な女は、はにかんだ笑みを浮かべて志上に頭を下げた。突然家に入ってきた志上の存在に驚いた様子はない。同居人がいるのを保高は話しておいたらしかった。

「志上、おまえもコーヒー飲むか?」

問いかけに曖昧《あいまい》に頷《うなず》くと、保高は志上の脇をすり抜け台所に立った。入れ替わって炬燵へ座る志上に、女は小声で詫びる。

「すみません、急におじゃましたりして」

「いや、僕の家じゃないし、遠慮なく。初めまして、志上といいます」

にっこり微笑みかければ、女は微かに頬を染めて俯いた。店で身についた癖で、志上は愛想のいい顔をしつつも、相手を値踏みする。

保高もやるじゃないか。正直、そう思った。真面目だけが取り柄の男に惚れる女だ。パッとしない冴えない彼女を想像していたのだけれど、違っていた。

年は二十二、三といったところか。目も覚めるほどの美人ではないが、女の美醜は化粧次第でどうとでも変わる。アイラインで作られたアーモンド形の瞳に、マスカラの刷かれた睫毛《まつげ》が華を添えた目元。薄化粧に見せつつも、念入りに施されたメイク。栗色の艶《つや》のあるセミロングの髪は毛先が丁寧に巻かれ、ワンピースも色はベージュとおとなしめだが、一目で見て取れるほど質のいいブランド服だ。華奢《きゃしゃ》なブレスレットも安物ではない。

どこぞのお嬢様か。服に全財産を捧げるタイプの女か。

「こちらこそ初めまして、西内奏恵《にしうちかなえ》と申します。あの、慎二さんからお怪我をされてると聞いたんですけど……」

女は心配そうな声で小首を傾げ、志上を見つめて幾度か目を瞬かせた。

「なんだ、随分早かったな」

三人分のカップが残ったままの炬燵に座り、欠伸《あくび》をしながらテレビを見ていた志上は、すぐに戻ってきた保高に驚いた。

「送るだけだって言っただろ？」

不思議そうに返す男は、上着のブルゾンを脱いでハンガーにかける。

たまのデートも仕事に出るときと同じ黒いブルゾン。中のセーターももう何度か目にしているものだ。無頓着《むとんちゃく》というより、服は着まわしできるだけの数があり、清潔にしていさえすればいい、保高はそう考えているらしい。自分とは価値観の相違があるにしても、あの女は保高のどこがよかったのだろう。不釣り合いだと思う。

少しの間雑談をした彼女は、九時を過ぎると帰ると言い出した。身支度を整えた彼女を連れ、保高が車で送ると言って出ていったのは小一時間ほど前。彼女の家とやらがどこにあるかは知らないが、随分と早いご帰宅だ。本当に送り届けただけなのだろう。

「デートだったのにいいのかよ？　ああ、ホテルが満室だったか？」

志上はニヤリと笑い、保高は怪訝《けげん》な顔をする。

「……ホテル？」

「とぼけんなよ、ラブホに決まってんだろ。なんだよ、まさかホテル代まで惜しいってのか？　先に彼女が来るって言ってくれれば、部屋だって空けてやったのに。悪かったな、邪魔してさ」

志上がなにを語っているのかようやく判ったらしく、保高は今度は眉を顰《ひそ》める。

「変な気を回すな、そんなつもりはないよ。今日は彼女がどうしても部屋が見たいっていうから連れてきたんだ」

「だから、その気だったんじゃないの？　彼女も」

「なわけないだろ、おまえが部屋にいると聞いたから安心してついて来たんだよ」

——俺がいるから？　安心して？

志上は大きく首を傾げたくなった。意味が判らない。

「知り合って半年だって確か言ってたよな？　まさか……一度もやってないのか？」

「当たり前だろ、そんなこと」

どういう慣例に当てはめたら当然の状況になるのか。気に入ったら、求められたら……タイミングさえ合えばその日のうちにでも寝るのが志上の常識だ。相手の名前さえも知らないまま関係を持つことさえある志上には、保高の返事は理解の範疇《はんちゅう》を超えていた。

「じゃあ……おまえ、なんのために付き合ってんだよ？」

「なんのため？　付き合うって、そういうことだけのためじゃないだろう」

炬燵に足を潜らせながら、保高は憮然としている。

露骨に嫌な顔になった男を、志上はなおも言葉で突《つつ》いた。

「へぇ、夜な夜な雑談するためにメールして、電話して、それでメシを食うだけにわざわざ待ち合わせて、随分と楽しい付き合いだな。まさか、おまえ、女とやったことがないのか？」

「ああ」

半信半疑の問いかけ。いくらなんでもそれはあり得ないだろう、一度ぐらいはと考えたのに、保高はあっさりと肯定した。いい年して未経験であるのを、恥じ入る素振りすらない。むしろ誇らしげですらある返事に、志上は笑い転げるタイミングを逃してしまった。

「今時そんな奴がいるなんて驚きだな。女とやってみろよ、保高。価値観変わるぞ」

「周りがそうだからって、自分まで倣う必要ないだろ。それにいいほうに変わるとも思えないし」

頭が堅いといおうか。素っ気ない反応に、志上は余計にしつこく絡んだ。

「俺はゴムつけてやるのももう嫌だけどな。感度が鈍るったらない。一度、中出ししてみろよ。気持ちよくてヤミツキになるぜ？」

シニカルな笑いに口元を歪《ゆが》め、不必要なまでに露悪的に言い放つ。

保高の顔つきが変わり、さらに不快感を露《あらわ》にした。

「志上、本気で言ってるのか？　おまえ、そんな軽弾みなこととして取り返しのつかない結果になったらどうするつもりなんだ？」

「……はは、子供ができたらどうするって？　なんとかなるだろ、堕《お》ろすっていう手もあるし？　べつに嫌がるのを無理にやってるわけじゃない。合意の上だよ。向こうも気持ちよくてやってんだから、責任はフィフティフィフティさ」

保高の表情がますます強張り、面白くなってケラケラと笑ってみせた。

「おまえと相手の責任は五分でも、子供には罪も責任もないぞ」

「それは……」

「おまえは、人を好きになったことがないんだな」

低い声になった男は、溜め息混じりにぼそりと口にする。

まるで気の毒がられているみたいで、頭がカッと熱くなった。

保高は決して遊びや金や、そのほかのなにかを得たいために、誰かと気紛《きまぐ》れに寝たりはしない。他愛ない会話の中でお互いの理解を深め合い、尊重し合う。そんな忌むべき恋愛の理想論を信じ、実行しているのだ。

この男が曲がったことを嫌いなのは中学の頃から判っていた。妥協で周りに合わせたりはせず、ことの善《よ》し悪《あ》しを判断し行動する。クラスからの孤立さえも恐れずに、正論を主張。やり方は少し子供っぽかったけれど、あのときも……あの『十五センチの机の隙間』も、間違っていると堂々と言ってのけた。

保高はちゃんとしている。腹立ち紛れに人を殴ったりはしないし、遊びで女と寝たりもしない。

だからなんだ、自分とは対極的な世界に住んでいるだけだ。こんなにも苛々する必要がどこにある。

苛立たしげに無言で立ち上がった。

「志上」

「風呂に入る」

洗面所兼脱衣所のプラスチック製の三段ラックを探り、押し込んでいたビニール袋を取りだすと、ギプスの右手に被せる。水気が入らないように塞《ふさ》ぐテープを、片手で闇雲《やみくも》に巻きつけていると、保高が声をかけてきた。

「貸せよ、手伝ってやるから」


志上も誕生の経緯がどうであれ、生まれながらに倫理観が狂っていたわけではない。

志上が初めて体を使って金を得たのは中学三年の九月で、相手は男だった。

男と出会ったのは、昼間でも怪しげな雰囲気の漂う、猥褻《わいせつ》なピンクチラシやサラ金のチラシが、電話ボックスや電柱に貼《は》りまくられている通りにあるゲームセンターだった。

二年の頃から学校をサボりがちになり、その日も一人でコインゲームに興じていた志上に、男は『余ったコインを使わないか』と声をかけてきた。今思えばそのときから下心があったのかもしれないけれど、志上は疑いもせず、コインが山盛りになったカップを嬉々《きき》として受け取った。

いつもスーツを着た中年男だった。子供の志上から見ればそう見えただけで、実はそこまで年をとってはいなかったのかもしれない。

顔は覚えていない。補導員ではなさそうだとホッとしたことと、営業回りの途中かなにかできっと仕事をサボっているのだと思ったのは覚えている。自分と同じ、昼間から行くあてもなく虚ろな目で繁華街をうろついている男。年は違えど妙な仲間意識が芽生えた。

男は気前がよかった。最初に会ったときから、コインがなくなった後もゲーム代を出してくれたし、帰りには腹が減っているだろうとファストフード店で奢《おご》ってくれた。その程度の小金でも、当時の志上にはスゴイことだった。赤の他人が、自分のためにお金を出してくれるのだ。

帰り際、西日のきつい舗道で首筋を撫でられた。身長の伸びの遅かった志上は、体も今よりずっと小さく、首は折れそうに細くて白かった。それを男は猫の喉に触れるみたいな手つきで撫でた。汗ばんだ手が不快で理由も判らず、嫌な気分になったけれど、二度目は自分から同じゲームセンターでまた男を探した。一人は退屈だったたし、学校で給食を摂ってないからお腹《なか》も空いていた。なにか奢ってくれないかな、ぐらいの軽い気持ちだった。

四度目に会ったとき、男はホテルに行きたいと仄めかした。公園のベンチでファストフードのジュースのカップを手に、ストローを咥《くわ》えてコーラを飲んでいる志上を見つめ、男は言った。

志上はようやく男が自分を性の対象として見ていると気がつき、怯《ひる》んだ。途端に怯えた目で見る志上に、男は食い下がり、あからさまに迫ってきた。『いくらならいいのか？』と。志上はよく判らず、ただ怖くて首を横に振った。自分に価値があるとも思えなかったし、かといっていくらならしてもいいなんて気分にもならなかった。

男はくたびれた財布から、三万円を取り出した。志上の手に握らせ、『足りないか？』と言った。志上はますます怖くなり、男にお金を押し返し、そのまま食べかけのハンバーガーも放り出して逃げ帰った。

それから一週間、ゲームセンターを避けるように真面目に学校に通っていたけれど、男が手に持たせた三万円の感触が忘れられなかった。毎日学校に通っていれば嫌なことは度々訪れる。志上がもう一度男に会おうと決めた日は、給食の当番の日だった。誰かが、志上の注いだスープは飲みたくないと聞こえよがしに口にした日だ。

受け取っていた名刺を頼りに、志上は放課後に男を呼び出した。三万円あればなんでも手に入る、なんだってできる。そればかりを考え、決心が鈍らぬうちにと誘い出したのだ。けれど、暗くなってから会ったのがまずかったのか、顔を合わせればやっぱり恐怖を感じた。

男が奢ってくれた夕飯は喉を通らず、連れられて行ったホテルの前で、志上は『帰る』と泣きそうな声で言った。寂《さび》れた裏通りにある小さな古いラブホテルの入口には、目隠しのためにすだれのようなビニールシートがかかっていて、中は暗く、志上は幼い頃泣いて入るのを拒んだオバケ屋敷を思い起こした。

嫌だとごねだした志上を、男は強引に押し込もうと躍起になり、揉めていた数分足らずの間に、運よく人が通りかかった。

「なにやってんだよ、あんた」

声変わりの途中のハスキーな掠れ声。振り返って目にした姿に、志上は身を強張らせた。

Tシャツにジーンズ姿で斜めがけにバッグを下げ、険しい顔でこちらを見ているのは、私服姿のクラスメイト。

保高だった。男が怯んだ隙に、志上は男からも保高からも脱兎《だっと》のごとく逃げ出した。

しかし、それで終わるはずもなく、翌日の昼休みに保高に学校の裏庭へ呼び出された。

「なにやってたんだよ、あんなところで」

保高の話は、考えるまでもなく昨夜の出来事だった。

適当に嘘を言ってしまえばいいのに言葉が出ない。

「……おっ、おまえこそなにしてたんだ？」

後ろめたくてビクつく声の志上に、保高は『塾の帰り道なんだよ』と応えた。

疚しいのは、自分だけ。しつこく問い質《ただ》され、根負けして成り行きを話すと、当然ながら今度は説教が始まった。昼間からそんなところをうろつくから悪いとか、もうそんな奴に絶対連絡するなとか、そういうこと。

うるさい。おまえに関係ないだろ。ほっといてくれ――志上が返せたのはそんな子供っぽい空っぽで反抗的な言葉ばかり。唯一口にした言い訳めいた内容といえば、『お金が欲しかったから』。最悪だった。

翌日もまた保高に呼び出され、この説教はいつまで続くのだろうとうんざりした。

身構える志上は、白い封筒を渡されてきょとんとなった。仕草は無造作だったけれど、内側に紫の紙がついた二重封筒で、なにか大切なものが収められているに違いなかった。

開けて目を疑った。中には十万円が入っていたからだ。

「変なことはするな、お金なら貸してやるから……返すのはいつでもいい」

絶対にするな、と保高は何度も何度も繰り返した。『いつでもいい』とは『返さなくてもいい』と同義語だ。なんのために……自分が男と寝てまでお金を欲しがる理由を、遊ぶ金欲しさだと思っているのなら、いくら面倒見がよくともこんなことはしないだろう。きっと保高は自分がお金を欲しがる理由を察し、哀れみ、同情しているのだ。机の十五センチと同じ、また自分はこの男の偽善に救済され、惨めな思いをするのだ。そう思った。

保高からお金を渡されてから一週間後、志上は金を突き返した。そっくりそのまま胸へと押しつけられた保高が、受け取ることもできずに、雷にでも打たれたかのように立ち尽くしていたのを覚えている。そして、勝ち誇ったみたいに皮肉っぽく笑った自分も。

「もう、おまえに援助してもらう必要はなくなったからさ」

暗に男と寝たと仄めかした。事実、志上はあの男と寝た。善人面の優等生が、自分を救えなかったことに胸の空く思いがした。

男との関係は、志上が卒業するまで続いた。もう怖くはなかったけれど、何度体を重ねたのか判らなくなるほど繰り返しても、慣れたりはしなかった。逃げ出したいほどの嫌悪感と苦痛、志上の肌はいつも鳥肌が立ってざらついていた。

男に抱かれる度、志上は保高を思い起こした。ザマアミロ、と。おまえなんかに自分は救わせてやらない。絶対に、絶対に——体を揺さぶられて男が何度も自分の中に果てる間、志上はぎゅっと目を瞑り、真っ暗な視界の中にはいつも保高の顔を思い浮かべていた。保高が……自分にもう説教などせず、近づいては来なくなっても。

お金を返して以降、保高は志上に構わなくなっていた。時折教室で自分を見つめる物言いたげな視線は、汚らわしいと言っているようでならなくて、自ら仕向けたことにもかかわらず、志上の心は次第に塞がれていった。

そのまま一言も言葉を交わさず卒業を迎え……志上は、高校に入学するまでの休みの間に得たお金で左手を整形した。

生暖かな湿度の高い空気が、体を包んでいた。

「保高、顔に泡が流れてきてる」

風呂場の小さなプラスチック椅子に腰を下ろした志上は、ビニール袋に包まれた右手を浴《よく》槽《そう》の縁に投げかけた姿勢のまま言った。

「ああ、悪い」

閉じた目蓋《まぶた》の上にまで頭から流れ落ちてきていたシャンプーの泡が、シャワーの湯に洗い流される。狭い浴室に男二人。湯気も立ち込める中、裸の男と、スウェットの袖と裾を捲《まく》り上げて奮闘する男。妙な光景だけれど、だいぶ前から志上の髪を洗うのは保高の日課になっていた。

「痒いとこあるか？」

「あ……左耳の上のとこ。違うだろ、そこは蟀谷《こめかみ》だ。もう少し後ろの……」

保高は器用とは言い難く、美容師みたいにシャンプーが上手いわけでもない。けれど、片手で頭を洗うのは簡単ではなかったし、家をなくした今はもう毎日美容室に通って浪費生活をしている場合でもなくなった。

志上の髪を洗い流した保高は、スポンジに石鹸《せっけん》をなすりつけ、今度は体を擦り始めた。本当は背中と左腕を洗う以外は自分でもできる。でも楽に越したことはないので、志上はいつもされるがままだ。他人に洗ってもらうのは気持ちがいい。

家をなくした志上を不憫だと感じているのか、保高は今まで以上に世話を焼きたがった。

肩から腕にかけてのスポンジの動きを、することもなしに眺める。捲り上げた服の袖から覗く保高の腕は、筋肉が隆起していて、骨格のできあがってなかった子供の頃の面影はない。湯気なのか汗なのか、額《ひたい》に浮かんだ雫《しずく》を保高は何度も手の甲で拭っていた。髪の生え際に移った泡を志上が手を伸ばして指先で拭うと、保高はびくりと身を疎ませた。

「泡、ついたぞ」

泡を取ってやったくらいでなんだと、こっちが驚く。

「あ……ああ、そうか。悪いな」

保高の過剰な反応がおかしくて、少し笑った。そんな難しい顔をして、さっきの女の付き合い方の話が尾を引いてでもいるのか。嫌々風呂に付き合うぐらいなら放っておけばいいのに。いつもは志上が喋らなくても、一方的にその日の出来事や他愛ない雑談を持ちかけてくる保高が今日はやけにおとなしかった。

真っ直ぐなこの男には、自分はよほど歪んだ汚い存在に映るのだろう。今もまさに、あの頃の延長線上の生活。職業はホストで、その実、女のヒモ。そんな生き方を、この男は軽蔑《けいべつ》しているに違いない。

志上は自分が特別に冷血だとか、非道徳的な男だとは思っていなかった。

みんな大なり小なり、ろくでもないことを考えているに決まっている。中学の頃、あんなに陰湿だったクラスの奴らだって、今頃立派な大人の仮面を被って生きているだろう。

そう、腹の中で考えるだけか、行動にも移すかの違いだけだ。女には『愛してる』とか薄ら寒い言葉を吐きながら、胸の内では女の乳房が小さいと嘆いたりもする。お堅い政治家、エリートサラリーマン、議会やデスクでもっともらしい講釈を垂れたところで、みんな中身は同じ穴のムジナたちだ。

保高は自分だけは真っ当だと言い切れるのか。毎朝七時にきっちり起床し、堅実にも善良にも見える職業につき、女は快楽のために存在するのではないと嘯《うそぶ》くだけで——

どうして保高を前にすると、自分はいつも居たたまれない気持ちになってしまうのだろう。

「ほら、後は自分でやれ」

体の一部を残して志上を洗い終えた保高は、スポンジを手渡し、泡にまみれた手をシャワーですすぎ始めた。

「ん……保高、ちょっと待て」

「なんだ?」

浴室のドアを開けて出ていこうとする保高を、志上は呼び止める。受け取ったスポンジで残った股間《こかん》を洗いながら、頭を鬱陶《うっとう》しげに左右に振って騒いだ。

「髪……髪が、落ちてきてる。なんとかしていってくれ。目に入りそうだ」

顔に下りた髪の一房が煩わしい。緩いパーマをかけている髪は濡れて弾み、毛先がチクチクと目尻を刺した。

「ああ、これか？」

戻った保高は、志上の髪を撫でつける。遠慮がちな手つきのせいで、髪はいつまでも収まり悪くだらりと下がり、志上の目元を襲った。

「もう、なにやってんだよ。早くしろよ！」

じれったさにどやしつけ、男の顔を見上げた志上は困惑した。保高が一目で判るほど顔を赤くしていたからだ。風呂に浸かってもいないのに、湯気で湯あたりでも起こしたのか。

保高の落とした視線の先を追い、自分が洗っている場所に向いているのだと判る。

変な奴だ。男が大股《おおまた》開いて股間を洗ったところで、どうということもないだろうに。

「なんだよ、なんか珍しいか？」

気まずい思いにかられながらも、揶揄《やゆ》するように志上はくすりと笑った。

保高はますます顔を赤くして、決まり悪そうに応えた。

「おまえ、は、反応してる」

「ああ……これな。しょうがないだろ、ここんとこご無沙汰だからな」

志上のそれはスポンジで丁寧に洗ううちに緩く勃《た》ち上がっていた。仕方ない。普段の生活からは考えられないぐらい女との関わりは遠ざかっているし、捌《は》け口もないんじゃ溜まる一方だ。前に保高が去った後に風呂場で一度抜いてみたけれど、左手では上手くできず、心地よさよりもどかしさが先に立った。以来、面倒くさくて放っておいたのだ。

右手さえ動かせたなら、すっきりできるのに――

「そうだ、なんならお前がしてくれよ」

「……は？　そんなとこまで俺に洗わせるつもりか、おまえは」

「バカ、誰が洗ってくれって言ったよ？　おまえが一発抜いてくれたら気持ちよくなれんだろうなと思ってさ」

軽い冗談のつもりだった。判りやすく身を強張らせた男に、志上は肩を揺らして笑う。

「し、志上、ふざけるのもいいかげんにしろ」

苦笑いするどころか、保高は鋭い声で一喝する。嫌になるくらい潔癖な男だ。冗談で口にされるのもぞっとするらしい。想像するのもおぞましいとばかりに顰めた顔。まぁ、確かに誰だってゲイでもないかぎり同性のイチモツには触れたがらない。

保高の嫌がることを見つけた。

志上は、ふと悪ふざけでそれを利用してみたくなった。

壊してやれ――そんな底意地の悪い考えが、爆発的に頭を占める。

この男の健全でなんの後ろ暗さもない日常を壊し、引き摺り落としてやりたい。所詮は人という同じ不純な生き物のくせして、一人綺麗な汚れのない位置から自分を見下ろす男を、ちょっとぐらい貶《おとし》めてやりたいと思った。

「ごめん、保高……けど、マジで辛《つら》いんだ。やっぱ、頼んでも絶対ダメか？」

「志上……」

「……頼む。人助けと思ってさ……なぁ、やってくれよ」

志上は笑いを堪え、懇願する口調と表情を作った。気分は役者だ。

苦しげに眉根を寄せ、眉尻を下げた泣き出しそうな顔で求める志上を、保高は食い入るように見つめてきた。口元は半開きで唖然となっている。

「ほ、本気で言ってるのか？」

あからさまに狼狽《うろた》え始めた男の顔に噴き出しそうになったけれど、必死でやり過ごし、女を甘い言葉で唆《そそのか》すときのように志上は保高を口説いた。

「利き手じゃないと上手くできないんだよ、おまえも判るだろ？　実は言い出せなくて……ずっと我慢してたんだ」

「けど、それは……」

「してくれよ……ほら、早く。しろって、俺の右手使えなくしたの誰だよ」

事故の怪我を盾にすれば保高が逆らえないのは判っていた。食事に着替えに風呂に、助けの手はなんだって差し伸べる。それに自慰の手伝いが加わるだけだ。

案の定、引けていた保高の手は、志上が強引に引っ張るとなんなく従う。子供になにかものの使い方でも教えるみたいに、志上は自分の性器に身を屈《かが》ませた男の指を絡めさせた。

「……っ……」

快感を得たくてさせているのとは違う。これは単なる嫌がらせだ。行為を強要しながらも、女とは違う男の骨張った指の感触に志上は竦みあがった。男との経験はあの中学時代の援交のあとも何度かあったけれど、余程金に困ったときのやむなくの行為で、自ら望んだことは一度もない。どれも最悪の経験で、思い起こしただけで肌が総毛立つ。

どいつもこいつも快楽のために自分を支配して玩具にしたがっただけ——

「さっさと動かせってば！」

本音は嫌がっているのを悟られまいと、志上は先を急かした。

自らを犠牲にしてまでの嫌がらせ。保高は無言のまま志上の前にしゃがみ込む。まだ半分柔らかな性器をじっと握り締めていた指が、観念してゆるゆると動き始めた。ぎこちない仕草で、保高の指は微かに震えてさえいた。

——そんなに嫌なのか。

石鹸の泡でぬるつく指の動きは、それなりに志上を楽しませた。

「あっ、くそ……」

男なんて単純だ。擦れば硬くなる。けれど、異質な行為に頭は倒錯した快楽に溺《おぼ》れるどころか、妙に冷たく冴えて上手く興奮できない。

嫌悪感を抱いてまでさせることだろうか。途中何度も自分に呆《あき》れて疑問は芽生えたものの、後に引くわけにもいかなかった。

「もっと上手くやれよ、保高っ……自分でするときもそんなにヘタクソなのかよっ」

志上は冷めた感覚を保高のせいにして誤魔化し、ああしろこうしろと注文をつける。

そのうち、どうにか気持ちも高ぶってきて、志上は『あっ、あっ』と微かな声を漏らして射精まで漕《こ》ぎ着けた。

最後まで拒まず従順だった男。けれど、志上が白濁を濡れた床に放つまでの間、保高は一度も口をきかず目を合わせようともしなかった。


事故から二週間が過ぎた。

水曜日、久しぶりに病院を訪れた志上はエックス線撮影を受けた。

何度行っても病院は嫌なものだ。けれど、前の週は待合室で二時間待たされたあげく五分の問診で終了というあまりにひどい内容だったので、比べれば今回は来た甲斐ぐらいはあった。ギプスの上からでもエックス線写真は撮れるのか、などと妙なことに感心したりもした。

撮影の後は、処置室でギプスを外された。手首の腫れが完全に治まり、健常時の状態を取り戻した腕にはギプスが緩くなっていたからだ。固定の悪さに骨がずれていやしないかと、整形外科医は不安げにエックス線写真を確認していたけれど、経過は良好と告げられ志上もほっと胸を撫で下ろした。古いギプスがスコンと外された解放感も束の間、すぐに新しいものを嵌《は》められたのにはがっかりしたけれども。

会計も思いがけずスムーズに終わった。外来の受付終了間際の夕方に来たのがかえってよかったのかもしれない。

——保高の仕事はまだ終わらないいんだろうか。

どうせならついでに車に乗せて帰ってくれれば助かると、志上は内科の病棟のほうへ足を向けた。途中何人かの看護師と擦れ違ったけれど、堂々としたり顔で歩く志上を引き止める者はいない。

それらしい部屋を覗き回っていると、『医局』に『診断室』、前後の入口に別のプレートを掲げた大きな部屋に保高の姿はあった。

「……球数三百六十万／㎣、血色素量十二g／dlで、若干貧血が出てます……ああ、容積率は三十七％です。で、問題の胸部のエックス線なんですけど……」

壁際の机に向かう横顔は、何事かブツブツと呟いている。誰かほかに人がいては入りづらい。そろりと志上が戸口から中を窺えば、電話の受話器を耳に押し当てた保高は話を続けながらも目を瞠らせた。机に積まれた分厚い本に引っかかった電話の白いコードを手繰り寄せつつ、志上に目線で部屋の真ん中の長椅子を示す。

部屋に入った志上は、促されるまま腰を下ろした。幸いほかには誰もいない。

「なにもないと思ったんですが、胃が気になるんです。肺を中心に写したんで一部しか見えてないんですが、胃泡に陽性陰影があるような気がして……明日の症例検討会までに再影しようと思うんですが、透視に回しておいたほうがいいのかと……」

保高は机の前に設置された、白く光るシャウカステンに張られたエックス線写真を見つめながら話をしていた。

所見とやららしいが、なにを説明しているのかさっぱり判らない。志上には耳を素通りするばかりの言葉が並んでおり、耳を傾ければ傾けるほど、意味の分からない言葉が連なってくる。五分も聞いていたら、眠気を誘いそうだ。

これが医者の会話ってやつか。カルテの文章はなるべく難しく、会話は理解しづらくが、医者の権威を主張するための手段なのだろう。反発心からそんなことを思いつつも、電話に向かう保高の姿が、志上の目に凛然《りんぜん》として見えたのも確かだった。

今朝、狭い台所で味噌汁を作っていたときと同じ緑のセーターを着てはいるが、白衣を纏っただけで雰囲気は一変する。短い黒くて硬そうな髪も、多少撫でつけただけで知的な匂いがするし、特に際立った特徴もない凡庸さを匂わせていた顔立ちがクールにも精悍《せいかん》にも見える。

保高の顔は、志上のような繊細さはない代わりに、骨格がしっかりしていて男らしい。

「悪い、待たせたな。診察もう終わったのか？」

見入っていた横顔が、電話を終えると同時に椅子をぐるりと回してこちらを向いた。

不覚にも保高を格好いいと感じた自分に焦り、志上は殊更軽い口ぶりで応える。

「ああ、おまえが帰るんなら車に便乗させてもらおうと思ってさ。なんか、忙しそうじゃん、一人前に」

「半人前だから忙しいんだよ。指示を仰がないとなにもできないし」

謙遜ではなく、それが本当のところなのだろう。照れくさげな保高は苦笑した。

「ふーん、医者はいいよな。白衣着ただけでそれっぽくも見えるし」

膝に載せていたコートを長椅子の背にかけ立ち上がると、志上は誰かが置き去りにしている椅子の上の白衣を羽織ってみせた。

「なぁ、俺が着ても医者に見えるか?」

おどける志上に呆れ顔をしつつも、見上げた保高は目を細めて微かに笑った。

「おまえが着ると舞台衣装みたいだな」

「舞台衣装? 怪しいイメクラの店員みたいだってか?」

「どうしておまえは、いつもそう水商売と結びつけたがるんだ。そんなこと言ってないのに……」

軽口に合わせて応えながらも、保高はさっきの電話の内容が気になる様子で、チラチラとエックス線写真を見た。

なにか迷う仕草で小さく揺らしていた椅子の動きを止め、すくっと立ち上がる。

「悪い、ちょっと気になることがあるんだ。遅くなるかもしれないし、先に帰っててくれないか」

そう言って、保高は志上の返事も聞かず、エックス線写真を剝がし取ると部屋を飛び出して行ってしまった。唖然となる志上だけが、部屋には一人取り残される。

適当にやればいいのに、まったく……仕事熱心なことで。

ふと立ち上がった志上は、保高が座っていた机に広げられたノートを覗き込む。細かにびっしりと書き込まれており、手に取っても内容が判るはずもないノートを、志上はなんとなくぼんやりと見つめた。

そういえば、中学のときの保高のノートもこんな感じだった。中間や期末試験の前になると、必ず貸してほしいとかコピーさせてくれという生徒が群がって、その度に『二度だけだ』と言って保高は手渡していた。二度目はない、自分でちゃんと勉強しろと仄めかして。

お人よしなだけではない、真面目な委員長気質。未だに健在だなと、志上は嫌みではなく素直にそう感じて、ふっと笑う。けして達筆ではないが、丁寧に書かれたボールペンの字の上を無意識になぞろうとして指を止めた。

「すみません」

不意にかけられた女の声にドキリとなって振り返る。

戸口にいるのは看護師ではなく、ワンピース姿の華奢な女だった。

「すみません、こちらに保高先生がいらっしゃると伺ったんですけど……」

見覚えのある顔にあっとなる。尋ねる女のほうも同時に気づいた。

「志上さん……ですよね？」

「ああ……こんばんは。まさかこんなところで君に会うなんて」

保高の彼女、西内奏恵だった。志上はやや動揺しながらも、反射的に人好きのする笑みを零した。笑顔に誘われるようにおずおずと部屋に入ってきた彼女は、部屋を見回す。

「友達がこちらに入院したので、お見舞いついでに寄ってみたんです。あの、慎二さんは？」

「お見舞い？　ああ、面会は遅くまで大丈夫だっけ……彼はたった今、なんだか飛び出して行ってしまったけど？　仕事でなんかあったみたいだね」

「そうなんですか……いえ、大丈夫です。特に用があったわけじゃないので」

「ならいいけど……どうかした？」

志上は首を傾げた。彼女はいつまでも驚いた顔でまじまじと自分を見ている。

「あの……同じ病院の方だとは知りませんでした。志上さんも、お医者さまなんですね」

驚いた。彼女は白衣を肩に引っかけたままの志上を医者だと勘違いしているのだ。研修医が立派な『お医者さま』に見えるぐらいだ。素人でも白衣と病院という舞台装置さえ整えば、やはりそう見えてしまうらしい。

「ああ、まぁ……なにも聞いてなかった？」

遊びで着てみただけと打ち明けるのも体裁が悪く、曖昧に濁すと彼女は微笑を浮かべた。

「車で怪我をさせてしまったお友達としか。志上さんも内科担当なんですか？　前に来たときには見かけなかったですけど……」

「俺は……外科のほうなんで、こっちには滅多に来ないんだ」

「外科ですか。すごいですね！　じゃあ手術とかも？　あ、でも今はまだ慎二さんと同じ研修期間中なんですよね？　でもいずれは独り立ちなさって……」

内科の次に素人が単純に思い浮かぶ診療科目が外科だっただけなのだが、勝手に想像を広げる彼女は感嘆の息までつく。

「やっぱり将来は開業が目標ですか？　あ、でもお医者さまってご両親の後を継ぐために目指す方も多いんですよね」

「まぁ、医者も個人病院は自営業だから……」

志上は様子がなにかおかしいと感じ始めた。

元々愛想の悪い女ではなかったけれど、医者に外科にと聞こえのいい肩書きを並べる度に、彼女は自分への興味を強くしていた。微笑みも向けてくる視線も、あからさまなまでに媚《こ》びる色に変化し、口調こそおっとりしているがよく喋る。

志上は以前店に来た客が語っていた、異常に『医者』という職業に固執《こしつ》する女の話を思い出した。男性参加者が医者のみのお見合いパーティーに拘《こだわ》り続け、婚期を逃し中の友達を、客は笑い話のネタにしていた。

たしか見合いパーティーの場では、自己主張の強い女は厳禁だと言っていた。医者は大抵プライドが高く、自分の意見を持ち過ぎた女は敬遠されがちだからだ。服装はシンプルなワンピースがベター。品のいい膝丈で、控えめなフリルやリボンで女らしさを醸しだし……そんな楚々とした雰囲気を装う女が、パーティーでは群れているのだとか。

西内奏恵の服装は典型的なそのタイプだ。今日はレモン色の膝丈ワンピース、しかも裾は控えめにドレープしている。

目線を変えてみれば、作り込んだ気配がプンプンと匂う。

「あれ……この指輪、あいつにもらったの?」

彼女の全身をさり気なく眺めた志上は、そわそわと髪を弄《いじ》る彼女の指に光るものに気づいた。目を凝らして判る程度の、小さなピンクトルマリンの嵌まった金色の指輪。それは服装にも合っておらず、彼女が好むには少しチープすぎる気がする。

「え? そ、そうですけど、どうして判るんですか?」

「こないだ会ったときと、ブレスも靴も変わってるのに指輪だけが一緒だからさ。服に関係なく身につけるぐらいだから、贈りものかと思って……彼氏からのね」

「よく見てるんですね、慎二さんはあまり服には気づいてくれないのに」

奏恵の品定めするような視線が、志上の体を撫でる。

どこをとっても見た目で保高に引けを取りはしない。虚飾した白衣の下のシャツもスラックスも、質も値段もいいものだ。彼女が自分の価値をいくらとつけたかは知らないが、外科医と勘違いした時点で興味を持ったのは間違いなかった。

「こないだのワンピースもよかったけど、今日みたいな明るい色が西内さんには似合うな」

志上の適当な褒め言葉に、『口がお上手ですね』と返しながらも満更でもなさそうだ。

「志上さんって……なんだか慎二さんのお友達には見えないですね。全然違うタイプみたい」

小首を傾げて含みのある眼差しで志上を見つめ、ふふっと笑った。

数字の上で日本の人口や世界の人口がどうなろうとも、一生涯かけて出会える人の数なんてたかが知れている。誰もが最良の相手と自然の流れに乗っかって巡り会えるわけではない。途中、思惑や打算つきで相手が決まったところで仕方がないのかもしれない。

保高は、同僚に人数合わせのために借り出されたコンパで彼女と知り合ったと話していた。同僚といえば、そいつも医者だ。集まる女は当然みんな医者目当てだ。

この女は保高のどこがよかったのだろうと疑問だったけれど、なんのことはない、気に入ったのは肩書き。保高の誠実さや温厚さは、つけ入るにはうってつけの材料にすぎない。

——ほらみろ。外見や金は二の次で内面で惹かれ合うなんて、理想に過ぎない。この女は保高なんて見ちゃいない。

あいつのことなんて、なにも。

志上は納得しつつも、晴れない不快感を覚えた。

このまま流れに乗っていれば、保高はいずれこの女と結婚して家庭とやらを築くだろう。まんまと女の手管に騙され、がんじがらめにされて、気づけば一つ屋根の下。保高はきっと真実を知ることもなく自分は幸せであると思い続ける。

腹黒い女の仮面の下の醜悪な顔も知らぬまま――

「志上さん？」

いつの間にか床に目線を落とした志上を、彼女は不思議そうに見ていた。


「……志上、どうした？」

訝《いぶか》しげな声の保高に、志上はぼんやりしていた顔を起こす。

バスルームの生暖かい空気は、すぐに意識を朦朧《もうろう》とさせる。スウェット姿の保高は、ずっと同じ格好で自分の前にしゃがみ込んでいた。手では志上の性器を握っているという、他人が見たなら目を剝く状況だ。

髪を洗い、体を洗い――その後は自慰の手助けまでもする。あの晩から五日間、ずっと続いている行いだ。最初は難色を示していた保高も、諦めて義務と割り切ったのか、この身の回りの世話と呼ぶには行き過ぎた行為を淡々とこなすようになっていた。

「なんだ、今日は気分が乗らないのか?」

「ん……ああ、なんかな……」

勃ち上がっているものの、志上のそれは一向に果てる気配がない。保高のほうは日に日にコツを踏まえて、昨日はあっという間に追い上げられてしまったぐらいなのに。今夜はまるでインポテンツにでも陥ったみたいだ。

根気強く扱《しご》かれて張り詰めた性器は、快感を志上に訴えてはいたものの、集中しようとする度に余計な思考が気を逸らす。

どういうわけか、夕方病院で会った西内奏恵のことが志上の頭から離れなかった。

「いっ……もう、力籠めんなっ…て……」

どうにか志上を絶頂に導こうと、保高の指がきつく扱く。指の輪っかで、根元から先端へ。先っぽの小さな割れ目はさっきまで潤んでいたが、いつの間にか乾いてしまっており、抵抗が強い。

色素も薄く、いかにも過敏そうな志上の性器は、長い間擦られ続けてひりつき始めていた。

「痛っ……」

何度目かでとうとう悲鳴を上げ、志上は身を竦ませた。

保高はぱっと驚いたように指を離し、顔を覗き込んでくる。

「大丈夫か?」

元々、性欲を持て余して保高にソープまがいの行為を強要しているのではない。嫌がらせで始めたのに、自分より保高のほうが乗り気では意味もない。

「もう、いい……今日はいい。痛くなってきた」

志上は力ない声で行為の終わりを告げた。

頰に張りついたままの濡れた髪から雫が流れ、志上の尖った小さな顎へと伝う。ポタポタと滴《したた》る雫を不快と感じる気力もなくしていると、保高の手が顎を拭い髪を後ろへ撫でつけた。

本当によく世話を焼く。優しい手の動きにふっと笑ってしまった志上を、保高はただ黙って見つめ返した。なにか切ないものでも見るような眼差し。濡れ光って映る黒い眸は風呂場の湿気のせいだけではなく、眼差しに意味があるように感じた。けれど、すぐに目を逸らされてしまったので確かめる間もない。

「……保高?」

突然の行動だった。やや身を引かせた男は、立ち上がるのかと思えばその場に深く身を屈めた。スウェットのズボンの膝が濡れるのも構わずに床に膝をついたせいで、水を含んだ衣服は見る見るうちに色を濃くしていく。

「保高、おい濡れてるぞ」

具合でも悪くなったのだろうか。的外れなことを考える志上は、添えた両手で足を左右に割られ、保高がその間に頭を落としても、なにをする気でいるのか判らずにいた。

「ちょっ……」

中心で頭を擡《もた》げたままの性器の先に柔らかなものが触れ、ビクリとなる。保高の唇の感触。口を使って愛撫《あいぶ》しようとしているのだとようやく判り、戸惑う間にも濡れた舌は昂《たか》ぶりをなぞって、志上自身を口内へと飲み込んでいく。

「……っと、バカ、やめろ…よっ、そんなこと……」

最初にありえない行為を強《し》いたのは自分のくせして、志上は積極的に出られるとまごついた。慌てて黒髪の頭を押し戻そうとするが、保高はピクリとも動かない。嫌がる声にはお構いなしに、湿った粘膜でぞろりと志上を擦って煽《あお》り立てる。

——痛いと言ったからこんなことを始めたのか。けれど、男が男にフェラなんて、進んでやることじゃない。頼まれたって嫌だと突っぱねるのが普通だ。

保高の顔を覗いて真意を確かめようにも、深く股間に埋められていては判らない。志上は男の髪が濡れるのも構わず、自由に動く左手でぎゅっと握りしめた。

——やばい。

喉奥まで含んだものを、ゆっくりと抜き出す唇の感触。温かな口腔でねっとりと扱かれて得る快感は手でされるときの比ではない。

——やばい、ヤバイ、気持ちいいかもしれない。

「ほ、保高……やめろ…って、こんな……しろって言ってね、だろ…っ……」

とろっとしたものが、先端から吹き出しそうな感じがした。さっきまで痛いばかりで、射精なんて遠いと思っていたのに、保高が手をかけた膝をぶるぶると震わせる志上は、淫靡《いんび》な快楽に囚《とら》われる。

ほかのことなんて、考える余裕はなかった。

「あっ、くそっ……あ…っ……」

唇を何度噛もうとしても綻ばせてしまい、志上は左手で口元を覆った。役に立たないギプスの右手は、どこにも行けずに虚しく宙をふらふらと彷徨う。唯一使える左手を顔に押しつけていてはロクな抵抗もできず、生々しい保高の唇や舌の動きは大胆になった。

ぴちゃぴちゃと卑猥な水音が下腹部で鳴る。聞こえる音に合わせて蕩《とろ》けそうな愛撫を施され、自分でもどうしていいのか判らなくなる。

「……やだって……嫌だって、言って…んだろっ」

口先ばかりの拒絶はなんの意味もなく、背も薄い肩も丸めて上半身を小さくした志上は、ぶるっと大きく身を震わせた。

口元を押さえる指の間から、意味をなさない声が零れる。

「……やぁ…っ……ぁっ……」

か細い声、今にも消え入りそうな声は紛れもない喘《あえ》ぎだった。濡れた密室に反響するその卑猥な音に、志上は羞恥《しゅうち》で顔を火照《ほて》らせる。ただでさえ上気していた頬は、のぼせたよう

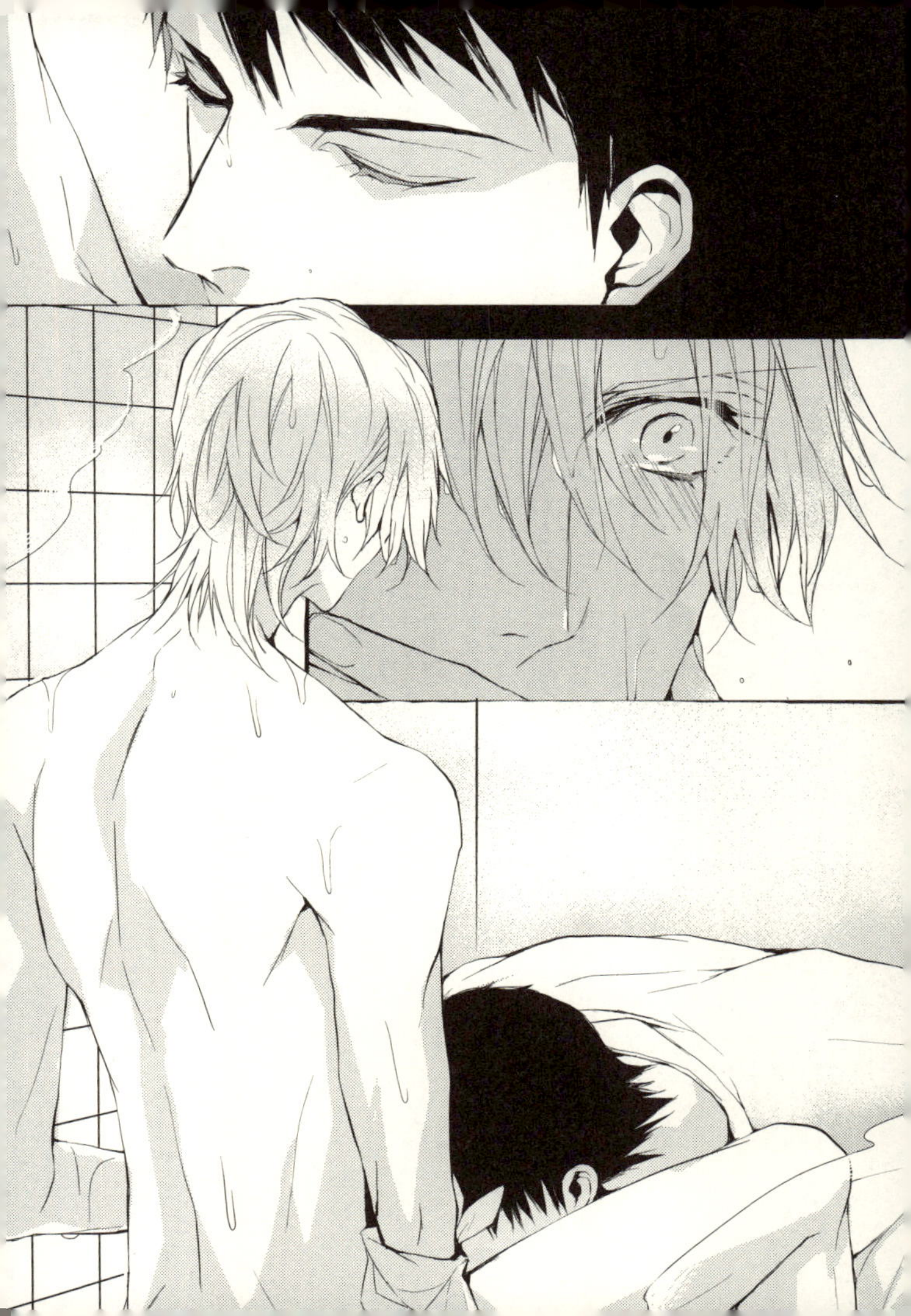

に赤く染まり、一度堰《せき》を切った声は次々と溢れ落ちる。

それまで一度も恥ずかしいと感じたりはしなかった。『もっと強くしろ』だの、『左っ側を擦れ』だのと平気で指図までしていた。達する瞬間には、『イイ』とか『もっと』ぐらいは口走っていたかもしれない。それでも、男同士であるからと志上は意識もしていなかった。

なのに今、激しい羞恥を覚える。

保高にこんなことをされるのは恥ずかしい。感じたりしている自分も嫌だ。

ふと、昨日までの行為とは違うからだと判った。

快楽を与えさせるのではなく、一方的に与えられている——

「……やめろ…ってっ、もうっ！」

泣きそうな思いで、頭を振った。

「……そんなに嫌なのか？　気持ちよく……なれないか？」

唇から抜き出した昂ぶりを、保高は先ほど髪に触れたときと同じ優しい指使いで撫でる。

尖端《せんたん》の柔らかな部分を、あやすように甘く唇で啄《ついば》んだり、首を傾けて括《くび》れや茎の裏の感じやすいところを緩く吸い上げたりしてくる。

鈴口の口を開けた割れ目からは、もう透明な雫が止めどなく浮いて溢れ出ていた。

「ああ、すごい……濡れてきた」

保高の冷静な呟き。不能を返上して、ちゃんと感じ始めたのをただ確認しているだけの言葉が、志上の耳にはひどく卑猥に響く。

「……嫌じゃないだろ？　な、志上……」

確認する男の言葉も、首を横に振る志上の動きもまったく意味をなさない。保高はやめようとはしない。巧みな愛撫で、『うん』と悦《よろこ》んで頷くまで続ける気でいるかのようだ。

志上はフェラの経験は数えきれないほどあっても、積極的に求めたりやり方を教えたりもしなかったせいで、今まで女相手ではさほど感じたことがなかった。だから、保高の巧みな愛撫には余計に戸惑った。同じ男だから快感のツボを得ているだけじゃない。自分自身が、この数日で感じるポイントを教えたからだ。その一つ一つを外さず丁寧に嬲《なぶ》る舌や唇の動きに、保高が自分の言葉はなにもかも記憶しているのだと知り、ますます居たたまれない。

そのうえ保高は緩慢な動きで焦《じ》らし、快感を長引かせようとする。

「……うっ、あっ……もっ……」

これは射精を促すための作業ではない。まるで慈《いつく》しむための口淫だ。

義務の延長線上にしては、あまりに濃厚な愛撫。根元から尖端にかけ、くまなく口づけを与えて熱を上げる。肌を震わせる白い内腿《うちもも》を撫で摩る手のひら。淡い根元の茂みをどこかもどかしげに掻き分ける指先。先走りは際限なく溢れ、陰嚢《いんのう》から後ろのほうまで濡れそぼっていくのが自分でも判る。

もっと強い刺激欲しさに腰が揺れた。安っぽいプラスティックの椅子をカタカタと揺らして腰を動かし、志上は射精が近いのを知らせた。

「あっ、あっ……だかっ、ほだか…っ、もうっ、おれ……もっ……」

悶《もだ》えて身を捩《よじ》らせた志上を許さず、無意識に閉じようとした両足を保高はさらに開かせ、中心を深く咥え込んだ。

男の口の中で、昂ぶりがビクビクと悦びに震える。吐精する瞬間が、すぐそこまで来ている。自分らしくない。こんな風に感じ入っているのも甘えた泣き声も。けれど、それすらもどうでもいいと振り捨ててしまうほどに気持ちがいい。

「は、やく……なっ、保高っ……もう、イキた…いっ……」

保高の硬い黒髪を再び握り締め、啜《すす》り喘いだ。

頭は芯まで熱く滾《たぎ》って、風呂場の湯気みたいに蒸発してしまいそうだった。

「……だか、保高っ、あっ、あ…っ、いく…っ……あぁっ！」

身も世もなく喘ぎ、最後はイカせてくれとまで懇願した志上は、腰を跳ね上げながら保高の口腔へと熱望したものを迸《ほとばし》らせる。

「志上……気持ちよかったか？」

息を喘がせ、落ち着いてくると今度は放心した志上の眸を、保高は見つめてきた。

放った精液を嚥下《えんか》した喉元が、微かに動く。何故そんなことをするのか、問い質す余力ももう志上には残っていなかった。

終わった後はぐったりしてしまい、風呂場を出るだけでやっとの体を、保高はタオルで手早く拭いた。パジャマを着せ、部屋まで連れて行き、されるがままの志上をベッドの端に座らせた男は、とんでもないことをしたばかりだというのにどこか淡々としていて、いつものように濡れた髪をドライヤーで乾かし始める。

ただ、頭に触れる手だけがいつも以上に優しい気がしてならない。

「……志上の髪は柔らかいな」

しばらくぶりにぽつりと発した保高の声は、ひどく掠れて艶めいていて、志上は奇妙に胸が騒いでならなかった。

4

あの晩、保高《ほだか》の様子が変だったことは、さすがに志上《しがみ》の頭を悩ませた。

あれから一週間が過ぎ、もう風呂で自慰の手伝いはさせていない。あんな情けない目にあうのはごめんだと、志上が望まなくなったのもあるけれど、頼んだとしてももう保高のほうが断る気がしてならなかった。

髪は今までどおり洗ってくれるけれど、体のほうは股間《こかん》でなくとも『自分で洗え』と志上を置いて浴室を出る。さっさと放り出すように出て行くくせに、何故《なぜ》か髪だけはドライヤーで丁寧に乾かす。風呂のほかは変わらず保高は自分に尽くした。

避けられているわけではないらしいが、元々口数も少ない男だけに、なにを考えているのか判《わか》らない。保高が自分に仕えるのは当然の義務だと思っていたけれど、それすらも疑問を感じ始めた。事故の詫《わ》びと、家を失った自分への同情からだとしたら、何故急に体を洗う作業だけを放棄してしまったのか判らない。

ボランティアを務めてみたものの、嫌気が差してきたとそういう理由だろうか。

フェラなんて自分は頼んでもいないし、勝手にそこまでしておいて、嫌悪感を覚えたのなら腹が立つ。

志上は隣でスーパーの棚を見つめて立ち止まった男の横顔をじっと見た。

二月の最後の日曜日。仕事の休みだった保高が、冷蔵庫が空っぽで買い出しに行くと言うので、志上は昼からスーパーへ付き合った。日曜だけあって、普段よりも家族連れが多く、店内は騒がしい。どこからともなくタイムセールの声も聞こえてきたりで、そんな中、志上はぼそりと言った。

「保高、その肉……駅前のスーパーのチラシに、百グラム四十八円って出てたけど？」

忠告したのは、保高が選んで買い物カゴに入れようとした鶏のムネ肉パックだ。

新聞の折り込みチラシにもっと安い店が載っていた。

「本当か？　でも今からあっちまで行くの面倒くさいだろ、おまえ」

「うん……いや、べつに俺も暇だし」

チラシの内容を知っているのも、朝から暇潰《ひまつぶ》しに眺めていたからだ。

しかし、いくら時間があり余っているからといって、鶏肉を百円安く買うために喜んでスーパーを巡るような志上ではない。倹約家の男に合わせて、特売品を求めて買い物をするなんて、少し前までの自分なら考えられなかった。保高も変だが、妙に馴染《なじ》んできている自分もどうかしている。

飲料品のコーナーを過ぎれば、アルコール類の並んだ棚の前で足を止める志上を、保高は振り返り見て小さく笑った。

「ビールが飲みたいのか？　いいぞ、好きなの入れろよ。鶏肉で浮いた分で買ってやるし」

余程物欲しげに映ったのだろうか。『買ってやる』ときた。でも買い物の駄賃に子供にジュースを買い与えるのとは違う。百円足らず浮いたところで、ビールの価格には及ばない。

自分で買うか、我慢するか。せっかくの勧めを頑《かたく》なに拒むのも変だし、保高に遠慮する自分も嫌だ。

志上は迷った末に、棚から一つを取って保高の後を追い、買い物カゴにそっと入れた。

「なんだ、発泡酒でいいのか？」

「ああ、最近のは味もよくなってるし」

嘘だ。一口飲んで『こんなものはビールじゃない』と流し捨てたこともある志上だ。

保高の提げたスーパーの緑のカゴの中で右へ左へと転がる缶を、志上はついて歩きながら見つめた。

こんな気を使っている自分はおかしい。

保高も自分も、なにかやっぱり変だった。


その日の夕飯には、駅前のスーパーまで二人で足を延ばして購入した鶏肉が使われていた。

濃いめの味つけは、ビールに合わせてだったのかもしれない。捨てるほど不味《まず》かったはずの発泡酒が、今は美味《おい》しく感じられた。

夕飯の後は、志上はそのままテレビを見続けたが、保高は点《つ》けっぱなしのテレビには背を向ける。いつも部屋では、なにか本を広げて読んでいることが多い。救急外来向けのハンドブックだの医学なんとか誌だの、志上が興味を示さない医療関係の本ばかりだ。

なくなれば随分部屋も広くなりそうな大きな本棚には、その手の書籍がぎっしりと詰め込まれていて、いつだったか暇潰しに手に取ってみた。けれど、やはり開いても面白くはなかった。症例や病巣写真を嬉々《きき》として見るほど病んではいない。

「そういえば……保高、こないだ病院で慌てて飛び出して行ったあれはなんだったんだよ？　レントゲンに変なものでも映ってたのか？」

志上は耳掻《みみか》きでギプスの中を掻きながら、思い出して言った。

痒《かゆ》くなったら耳掻きを使うといいと教えてくれたのは保高だ。骨折で入院している子供から聞いたと言っていた。背に腹は代えられない。痒みを耐えるのは痛みより辛《つら》く、この古びた部屋で気取っていても仕方がない。

頭に小さなこけし人形のついた耳掻きは、今ではすっかり志上の愛用品だった。

「ああ……あれは、胃に影が映ってる気がしたもんだから」

本から顔を起こした保高は、心地よさげに右手首を掻いている志上を、それこそ微笑《ほほえ》ましい子供でも見る目つきで眺めながら応《こた》える。

「胃に影？」

「悪性かと思って心配になったんだけど、良性の潰瘍《かいよう》だった」

「へぇ……よかったな。で、今はなにを調べてるんだ？」

炬燵《こたつ》の上に積まれた本の表紙を摘《つ》まむように開き見ても、志上にやはり内容は理解できない。最初からその気をなくす細かな字の上に、ところどころ外国語交じりだ。

「ちょっと気になる入院患者がいて……インスリンを注射しても、血糖値の動きをコントロールできない患者さんなんだ。それでなにかほかに症状の原因とか改善策があるんじゃないかと思ってさ」

「インスリン……ってのは聞いたことあるな、糖尿病の薬だろ？」

「本当は薬の名前じゃないよ。すい臓から分泌されるホルモンの名前なんだ。糖尿病ってのは、それが低下して糖代謝が上手《うま》くいかなくなって血管に負担をかけてる状態なんだよ。でもその患者さんは食事療法でも注射でもなかなかコントロールできなくて……入院までさせてるのに効果を出せないいんじゃ申し訳なくってさ」

「ふーん、じゃあ糖尿病じゃないいんだろ」

なんだか小難しい話になってきたので投げやりに返しただけなのだが、保高は目を瞬《まばた》かせ身を乗り出してきた。

「そうなんだよ、俺もそうじゃないかと思ってるんだ！　糖尿病ってのは元々、発症理由がいくつもある症候群なんだ」

「……なにか見つかったのか？」

「どうだろ、この本には血糖値に関係する話が出ててさ。ほかにもストレスによって血糖値を上昇させる傾向のホルモンはあるんだよ。インスリンの不足に関係なくね。ストレスに関連してるのは俺も知ってはいたんだけど、ＡＣＴＨとかＣＯＬとか……」

「ＡＣなんとかって言ったって俺には判んないよ。アダプターの名前か？」

自分なんかになにを期待しているのか。素人相手に真剣に論議を持ちかけてくる保高がおかしくて、志上は軽く肩を揺らして笑った。

「おまえが気になるんなら、患者のそのＡＣアダプターみたいなホルモンを調べてみればいいんじゃないのか？」

「それは……現状すぐには難しいよ。その患者さんってのは実は俺の担当じゃないんだ。研修医の分際で担当外の診療に口を挟むわけにもいかないし、まして検査となったら内科部長にもなんて言われるか……」

目を輝かせていた保高の勢いが途端に萎《しぼ》む。医者なんて患者に頭を下げる必要もなく、ふんぞり返ってのほほんと稼いでいるものと思っていたが、内情はいろいろあるらしい。

「部長？　ふうん、病院も会社組織と変わらないんだな。患者の調子が悪くても、口出しできないからって無視か」

「無視って……」

「本開いてあーだこーだ言っても、なにもしなけりゃ一緒だろ。おまえでも尻込《しりご》みしたりするんだな。正義感だけが取り柄の男だってのになぁ」

志上は苦笑して言った。べつに本気で長所だと思っているわけではない。むしろ正義とか倫理に拘《こだわ》る保高を冷めた目で見ていたし、美徳だとも感じていなかった。

なのに、保高は言葉に目を伏せ、やがて気持ちを固めたように静かに頷《うなず》く。

「そうだな……おまえの言うとおりだよ。いつまでも原因も判らず入院させられてたんじゃあの患者さん可哀想だもんな。担当がちょっと気難しい先生なんだけど、話を聞いてもらえるように努力するよ。俺一人の力じゃ無理でも、同意してくれる人を見つければいけるかもしれない」

自分のおざなりの言葉を鵜《う》呑《の》みにするつもりか。

ただの嫌みを、親友からの苦言みたいに受け入れられてしまった。

志上は落ち着かない気持ちで、再び耳掻きを使ってギプスの中を掻き始めた。けれど、落ち着かないのもむず痒いのもギプスの中ではない。耳掻きでは到底触れることのできない、胸の奥だった。

保高は開いていた本を閉じると、急に俯《うつむ》きがちになって言った。

「そうだ……志上、おまえに渡そうと思ったものがあったんだ」

「……渡すもの？」

そそくさと立ち上がった保高は、いつも病院に出勤する際に本を入れて持ち歩いている、学生風のショルダーバッグからなにかを取り出す。

「昨日、仕事帰りに買ったんだ」

保高がいそいそと差し出したのは、白い薄紙に包まれた柔らかなもので、戸惑いつつ受け取って開くと、中身はオレンジの綺麗《きれい》な色の春物ニットだった。

志上は憮然《ぶぜん》とした表情を浮かべる。

「くれんの、俺に？　なんで？」

事故で迷惑をかけているから、服が足りずに困っているだろうから——

頭の中に瞬時に理由は並んだが、保高の返事はどれとも違った。

「そうだな……おまえに似合うと思ったから」

「は……？」

志上は面食らう。保高は見るからに照れくさそうに頭を掻きながら、胡座《あぐら》をかいた足をそわそわと揺らした。

「こないだ奏恵《かなえ》と出かけて買い物に付き合ったときに、デパートのショーウィンドウにそれが飾ってあってさ。俺はそういう明るい色は苦手だけど、おまえなら似合いそうだと思って」

理由になっていない。似合う似合わないはともかく、どうしてそこでプレゼントという発想になるのか。そんな余裕があるなら彼女になにか買ってやるのが普通の男だろう。

軽くて手触りのいいニットは、すぐにカシミヤだと判った。襟に縫いつけてあるタグも志上にとっては大したことないブランドだが、保高が気軽に購入しそうな店ではない。

「……くれるっていうなら、もらっとくけど」

釈然としないものを感じつつも、志上は受け取った。

反応の鈍い自分に保高は気まずそうにしていて、もっと嬉《うれ》しそうな顔をしたほうがいいのは判っているのに上手く笑えない。プレゼントをもらったら、にっこり笑って礼を言い、さも喜んでいる顔をする。そんな今まで簡単にやってきたことが、保高相手では何故かすんなりできない。

志上がどうにか小さな声で『ありがとう』と言ったのは、随分間を置いてからだった。

ようやく緊張を解いた保高が、ホッと息をつき……そして、言った。

「……こないだは悪かった」

ポツリと呟《つぶや》いた保高の言葉は、なにを謝っているのか判らなかった。

志上がそれを見つけたのは、翌日の午後だった。

保高は仕事に出ていて一人なので、昼は用意された惣菜《そうざい》と作りおきの味噌汁《みそしる》を温めて食べ

た。惣菜のパックを捨てようとしたときだ。月曜はゴミ出し日とかで、玄関にすでにまとめられた半透明のゴミ袋を開けてそれに気づいた。

丸めて捨てられた綺麗な包装紙、一緒くたになった金色のリボン。なんの包装だったのかと何気なく手に取り、紙を留めるために貼《は》られたシールに志上はハッとなった。

昨夜自分がもらったニットの店名が入っていたからだ。

薄紙に包まれただけの状態で渡されたのを少し奇妙に感じていたけれど、わざわざ中身を出して寄越したのなら合点がいく。

プレゼント包装を頼んだものの、大仰になってしまい剝《は》ぎ捨てたのではないか。ここまで過剰な包装をしてもらうほどの、あのプレゼントの意味とはなんだろう。

『悪かった』と言われても、なんだかさっぱり判らない。

——まるで恋人宛《あて》の贈りものだな。

キラキラしたゴールドのリボンを摘まみ上げ、志上はふっと笑った。

『おまえに似合うと思ったから』

ぼそぼそとした声でそう言った男の、照れた風な顔を思い出す。あんな態度で渡したんじゃ、女なら気があると勘違いするんじゃないのか——そう考えたところで、急に胸がざわついた。吹きつけた突風に木立がざわざわと葉擦れの音を立てるみたいに、鼓動が落ち着きなく鳴り出した気がした。

リボンと包装紙を志上は慌てて惣菜のパックごと元のゴミの中に押し込み、きゅっと袋を結んで閉じる。

午後はテレビを観てすごした。

このところ夜は冷え込んでも昼間は暖かい。月ももうすぐ三月に変わる。数日前には春一番らしき生暖かい大風の吹く夜もあり、冬は確実に終わろうとしていた。

窓の外は気持ちのいい好天で、部屋に差し込む日差しはポカポカとして心地いい。もらったニットを着るのに相応《ふさわ》しい春になる。そんなことを考え、志上は頭を振った。家に籠《こ》もってばかりだから、保高のことなんて考えてしまうのだ。

少し表に出てみようか。陽気にも誘われ、志上はそう思い始めた。テレビはバラエティ番組から料理番組に変わっていて、口ひげを生やした中華の料理人が、ゲスト相手に熱心にエビ料理の作り方を説明していた。

目的もなく表に散歩に出るぐらいなら、夕飯の食材でも買いに行こうと思い立った。新聞にくまなく目を通す志上は、今日も時間を持て余してチラシは確認済みだ。今日の特売品はたしかエビのはずで、思い出すとどうしてもテレビで紹介されている料理が食べたくなった。志上は左手を使って書くヨレヨレの字でレシピをメモった。

保高に作らせよう。スーパーに辿《たど》り着くまではそう考えていた。

けれど、保高の家にはないスパイスを求めて、陳列棚の間を行ったり来たりしているうちに、突拍子もない考えが芽生えた。

あの程度の料理なら、自分でも作れるんじゃないだろうか。

つまらないドラマの再放送を観るより、よほど建設的な遊びかもしれない。一朝一夕どころか、初めての料理で鮮やかなメニューを並べてみせたなら、保高はどんなに驚いて目を剝《む》くだろう。

いつの間にかまた保高のことを考えていた。

それにも気づかないまま、春の訪れを感じさせる暖かな風と柔らかな日差しを受け、すでに歩き慣れた住宅道をのんびりと戻る志上は、すっかり料理を作る気になっていた。

後悔したのは、ドラマの再放送時間もとうに終わり、夕方のニュース番組すら終わりに差しかかった頃だ。

簡単に完成するはずの料理は一向に終わらない。そもそも目玉焼きすら焼いたためしのない自分には相応しくない遊びだったと気づいた頃には、後に引けなくなっていた。

片手での作業はそれほど苦ではなかった。怪我《けが》をしてから四週間、まもなくギプスも外れる志上は、様々なことを片手でも器用にこなせるようになっていた。それより問題はエビのはらわたただ。

はらわたを抜くと言われても、『エビのはらわたってどれだ?』と初心者の志上は唸《うな》った。

数尾のエビを見るも無残な姿にした。一事が万事そんな調子だった。

——向いてない、絶対に向いてない。やっぱり料理は外で食べるものだ。人に作らせて味わうべきだ。

嫌気が差したのはいうまでもなかった。癇癪《かんしゃく》を起こさなくなっただけ、辛抱強くなったものだと自分を称《たた》えたいぐらいだ。

どうにか食べられるものを皿に盛ったときには、外はとっぷりと暮れていて、志上はぐったりした。炬燵の真ん中に置いた皿を見据え、少しその存在を重く感じた。気軽にできると信じていたから作ってみたのに、こんなに苦労したのでは保高の反応が恐ろしい。

努力したことを察し、保高は褒め称えるだろう。不味くとも、美味《うま》いと言って食べるに決まっている。きっと嫌がりはしない。顔を綻《ほころ》ばせ、満面の笑みを浮かべる。

——保高を喜ばせて、どうしようっていうんだ。

嬉しそうにされて、どんな反応をすればいいのだろう。

やることなすこと、近頃の自分は間違っている。かといって買ってきたと誤魔化すにはあまりに不出来な料理を前に、志上は気持ちをそわそわさせ続けた。

保高の帰りはいつもより遅い。九時を回り、この時間まで腹を減らして帰ればよほど美味く感じるな……などと嫌みっぽく考えたときだ。

不意に部屋の電話が鳴り出した。

「もしもし?」

取った受話器の向こうは、なんだか騒がしかった。

さざめく人の笑い声、食器の鳴る音。レストランかなにかのようだ。

『志上？　俺だ』

騒がしさをバックに聞こえてきたのは、保高の低い声だった。

「保高……なんだ、仕事終わったのか？　おまえ今どこに……」

『悪い、急に予定が入ったんだ』

「え……？」

志上が詳しく問うまでもなく、保高は奏恵に呼び出されて一緒に食事をしているところだと伝えてきた。

『連絡が遅くなってすまない。夕飯は悪いけど外ですませて帰るから、おまえは先に……』

「もう食い終わった。判ったから、今こっちも忙しいんだ、それじゃ！」

志上は最後まで聞かずに返し、受話器を置いた。ぷっつりと通話を途切れさせた電話を見据え、しばらくそのままぼうっとしてしまった。一方的に切ったのは自分なのに、急に空《くう》に放り出されてしまったような感覚。

——なんだ、ちょうどいいじゃないか。

止まっていた思考が、少しずつ動き始める。

みっともない料理を見せなくていいし、反応に困る心配もない。

「ツイてたな」

志上は誰も聞いていない部屋で、一人呟く。

ノロノロと立ち上がり、炬燵に戻って食事を始めた。保高は当直も多く、一人で食事を摂《と》る夜は珍しくない。マンションで暮らしていたつい先月までは、外食にもほとんど一人で出かけた。だのに今は無性に一人であることを意識し、食事は喉《のど》を通らない。

「……やっぱ不味いな」

志上はあまり手をつけず、残ったものは残飯として捨てた。痕跡《こんせき》をなくそうと台所を見回し、流しに突っ込んだままの汚れたボウルやフライパンに溜《た》め息《いき》をつく。

保高が戻る前にと、一心に洗って片づけながら、志上はどこまでも気が沈んでいくのを感じた。

どうしてだろう。ひどく惨めな気分だった。


西内《にしうち》奏恵から電話がかかってきたのは、それから五日後の土曜日の夕方だった。

『えっ、そうなんですか。慎二さん、今日はいないんですか……』

保高のいない部屋に、奏恵は電話をしてきた。なにもなければ保高は早く帰ってくるはずの土曜日、けれどその週に限って当直で留守だった。

「土曜はあんまり当直は入れてないみたいなんだけどね。今週に限って……」

説明をしながら、志上は妙だと感じる。昨日、保高は彼女に電話をしていたし、確か会話の中で当直の予定を話していた。同居人の自分に遠慮してか、聞かれるのは体裁が悪いからか、台所で声を潜めて話していたけれど、この狭い家では玄関まで逃げたところで会話は丸聞こえだ。

そもそも、彼女はいつも携帯電話のほうに連絡を入れているようなのに、今日に限ってどうして固定電話なのか。

『当直のこと聞いてなかった?』と問いかける志上に、『明日だと勘違いしてました』と奏恵は平然とした声で返してくる。

そして、申し訳なさそうに奏恵は続けた。

『すみません、もしかしてお食事中でしたか?』

夕方五時から夕飯を食べる家はそうはないだろう。志上は作為的なものを感じつつも、たぶん奏恵が望んでいるであろう返事を与えた。

「まだだよ。保高もいないし、どうしようかと思っていたところなんだ」

案の定、話は『一緒にお食事でも』という雰囲気に流れていく。

『実は約束していた友達が急に断ってきたんです。それで慎二《しんじ》さんと食事ができればと思ったんですけど』

可愛《かわい》らしいといえば聞こえのいい、人工的な着色料を使った飴玉《あめだま》みたいな、過剰に甘さを含んだ声で彼女は言う。

当直のことは勘違いで、おまけに友達が約束をドタキャン。随分と運が悪い。皮肉を覚える間に、ものの数分で会う約束はできあがった。

奏恵の言葉のすべてが完全な嘘だと確信したのは、待ち合わせた駅からレストランに移動し、テーブルで向かい合ったときだ。メニューをなぞる彼女の白い指には、保高が贈ったあのピンクトルマリンの指輪の姿は影も形もなかった。

「せっかくだしワインでも飲む？　なにがいいかな……ソーヴィニヨン・ブランでどう？　軽めの白だし飲みやすいと思うんだけど」

志上は指輪のことには気づかぬふりでメニューからワインを選び、料理と合わせて注文する。

「志上さんって素敵な店をごぞんじなんですね。よく来られるんですか？」

奏恵は志上が誘った店を気に入った様子だった。以前女と会うのに何度か利用したイタリアンのレストランだ。繁華街から少し離れた裏通りにあり、店舗と店舗の間に伸びた通るのに躊躇《ためら》うほどの細い通路の先にある。古い民家を改築して造られた店には看板もなく、隠れ家的な趣《おもむき》があった。

いかにも女性の好む店は、その夜も客は女性かカップルが占めている。

「この店は久しぶりかな。最近は仕事が忙しくてなかなか来れないんだ」

「病院のお仕事は気苦労が絶えないでしょう？」

「今はコレのおかげで雑用しかしてないから、気が楽だよ。早く帰って、こうして綺麗な女性と食事をすることもできるし？」

志上はジャケットの袖《そで》から覗《のぞ》くギプスを見せ、微笑んだ。

服は手持ちの少ない中から、医者らしく知的にも落ち着いても見える黒の上下にした。羽織ったグレーのバージンウールのジャケットは、あまり好みではないがぎりぎりでギプスの通る上着だ。

まるで詐欺師になった気分だ。志上は適当な甘い言葉はいくらでも吐いてきたけれど、今まで職業を偽ったりはしなかった。

まぁ相手も上手いこと虚飾しているのだから、罪悪感を感じる必要もない。奏恵は今日も、医者受けすると噂の膝丈《ひざたけ》のワンピースだ。

友達との食事予定だったにしては、随分とまぁ気合いが入っている。仕事は商社の受付だと話していたが、それもどうだか怪しい。特に『受付』の部分は。いかにも男に好まれそうな職種である。

食事も進んで互いに二杯目のワインを飲み始めた頃から、奏恵の本心は言葉にも見え始めた。

「志上さんは慎二さんとは親しいんですか？」

探る眸《ひとみ》で、彼女は笑みだけは絶やさずに問う。

「そりゃあまぁ一緒に暮らしてるぐらいだから……と言いたいところだけど、実はそこまで親しくはないかな。俺と彼が気が合うと思う？」

「んー、ちょっと違うかも」

奏恵は正直に応え、ふふっと笑う。

「だって、二人は食事の場所の好みも違いそうだし……慎二さんが連れて行ってくれるお酒のあるお店って、いつも居酒屋なんです。私、ビールとか焼酎はダメなんで飲み物にいつも困ってしまって……仕方なくウーロン茶を飲んでるんです」

ワイングラスを揺らしながら、これみよがしな溜め息までつく。

それからはもう保高に対する不満のオンパレードだ。『慎二さんって本当は私に興味がないのかもしれません』なんてセックスレスの関係を仄《ほの》めかしたかと思うと、『いい人すぎるんです』はいつの間にか『退屈な男』にすり変わる。志上がそれに合わせて相槌《あいづち》を打ったり話を広げるうちに、遠慮をなくした彼女はついには指輪のことまで貶《おとし》め始めた。

「誕生日にもらった指輪だなんて、とても友達には言えないんです」

そりゃあそうだろう、あんな安物では……志上は頷きつつも、お気に入りの真っ白なシャツに次から次へと黒い小さな染みを点々と飛ばしつけられてるみたいな気分に駆られた。

「慎二さんは車にも興味がないみたい。こないだ初めてお部屋に行ってびっくりしました」

訳すなら、ボンネットまで歪《ゆが》んだボロ車に、ドアの腐った傾きかけのアパート——暗に最悪だと彼女は語る。

自分と同じ、共感できる感想だ。なのに、奏恵に言われると面白くないのは何故だろう。自分は口汚く罵《ののし》るくせに、他人に同調されると苛立《いらだ》つ。まるで身内である兄弟のような感覚だ。

一緒に暮らすうちに情でも移ってきたのか。

志上は焦った。そんなはずはない。たぶんどこか自分と同じ匂《にお》いのする奏恵に同属嫌悪しているだけだ。

食事が終わって店を出てからも、彼女は志上のことをあれこれ聞きたがった。

「そういえば、志上さんって元々どこに住んでらっしゃるんですか？」

医者の肩書きだけでは安心も満足もできなくなったのだろう。

「家ね……千条町《せんじょうちょう》のケヤキ通りにある黄色い外壁のマンション」

「ケヤキ通り……あの、辺りってすごく素敵なマンションが並んでますよね。友達とあんなところに住んでみたいって話したこともあるんです。でもとても手が届かないって」

「そんな大した部屋じゃないよ」

「うそ、志上さんってすっごくオシャレな部屋に住んでそうな気がする！」

まさか火事で焼けてしまったとは言い難く、鬱々《うつうつ》とした気分に陥りながらも苦笑いする。

彼女は志上の表情の変化にも気づかず、目を輝かせ続けた。住んでいたのは、完成時にはインテリア雑誌の紹介にも上った目立つマンションだ。なくしたものを羨望《せんぼう》され複雑な心境だった。

「志上さん、今日はとても楽しかったです」

駅での別れ際、奏恵は尋ねるまでもなく、連絡先を書いたメモをそっと志上に手渡してきた。

「昨日十一時ごろ電話したんだけど、どこに行ってたんだ？」

畳の上にブルゾンを脱ぎ捨てた保高は、着替えるのも億劫《おっくう》らしく、そのまま炬燵に潜りながら言った。

当直明けの保高が戻ってきたのは、翌日の昼過ぎだ。

また仮眠を取る時間もなく働いてきたのか、疲れ果てた色の悪い顔。帰宅の時間もいつもより遅く、交代後にまで縺《もつ》れ込む急患が入ったのかもしれなかった。

当直医を外科や内科の医師だと救急隊に伝えてあると、急患がひっきりなしに搬送されてくるという。いつだったか、保高がそうぼやいた。『耳鼻科とでも言っておいたらどうだ』としれっと返した志上に、『そう言っておく病院もあるらしいけどね』と苦笑っていた。

昨夜もバカ正直に患者を受け入れまくったのだろう。疲労感いっぱいの顔を、志上は見返して応える。

「ああ、西内さんから電話がかかってきてさ。夕方から出かけたんだ」

「え、奏恵から？」

志上はベッドに寝そべって新聞を読み耽《ふけ》りながら、事もなげに昨夜の成り行きを話した。べつに疚《やま》しさはない。ちょっとムードのある店で一緒に食事をして、彼女の愚痴を聞いてやっただけだ。

「……そうか。悪かったな、俺がいなかったせいで奏恵に付き合わせて」

保高は詳しく言及してはこない。自分が不在だったのだからしょうがない、目くじら立てるほどの出来事ではないと納得したのだと志上は思った。

会話の内容まで知ったら、どう思うだろう。携帯番号まで知らされたのを話したなら。

「いや、俺も暇だったし、なかなか楽しかったよ」

「ああ……じゃあよかったな」

横になって背を向けた保高は生返事だ。よほど眠いんだなと感じただけで、志上はさして気に留めずそのまま読みかけの新聞に目線を戻した。しばらく経《た》って覗いた保高の顔は、なにやら難しい表情で眉間《みけん》に皺《しわ》を刻んで眠り込んでいた。

保高が珍しく不機嫌なのに志上が気づいたのは、夜になってからだ。

炬燵を食卓にして向かい合った男は、不自然にずっと無言だった。

「辛いな、この煮つけ」

そのくせ、夕食のおかずにぽつりと漏らした志上の素直な言葉に過敏に反応した。

「人が作ったものに文句を言うな」

寛容なはずの男が些細《ささい》なことに苛立ちを露《あらわ》にする。軽い感想程度の一言にキツイ言葉を返され、志上は面食らった。

「なんだよ、機嫌悪いな」

返ってきたのは沈黙で、余計に理由を探りたくなる。

「あー、もしかして……昨日俺が彼女とデートしたのがやっぱり面白くないのか？」

「なわけないだろ」

冗談半分で言ったのに、間も入れず否定されて呆気《あっけ》に取られる。

志上はクッと笑うと、からかい気味に続けた。

「へぇ、おまえでも嫉妬《しっと》なんてするんだな。べつにデートなんかじゃないからな、本当にメシをただ一緒に……」

「違うって言ってるのにしつこいぞ、志上。黙ってさっさと食えよ」

『うるさい』とでも言いたげに、ピシャリと返された。その後は黙々と食事を続け、保高はもう志上の顔を見ようともしない。無視をするつもりか、そっちがその気ならこっちだって相手にしてやるものかと、志上は子供っぽく不貞腐《ふてくさ》れた。

無言の攻防、食事が終わってもどちらからも口をきかなかった。

六畳の狭い一つきりの部屋で、会話も封じられて過ごす夜。重苦しいったらない。

志上は早々にベッドに潜り込んだ。保高に背を向け、布団を引き被《かぶ》って目の前の色褪《あ》せた壁を見つめる。

意外に狭量な奴だ。もっと鷹揚《おうよう》に構えた、独占欲なんてない男なのかと思っていた。
奏恵と出かけたのが気に食わないのなら、最初から素直にそう言えばいいのに。
保高が嫉妬するほど、あの女に惚《ほ》れているなんて。嫉妬じゃないと言い張られても、ほかに理由も思い当たらない。始まりは向こうから言い寄ってきたにしても、長い間付き合ううちに情が湧《わ》いてきたのだろう。

狙《ねら》いすまして自分を呼び出したあげく、連絡先のメモまで用意して二股《ふたまた》の準備に余念のない女。誠意を尽くす価値もない尻軽女に保高は惚れているのだ。

人の気持ちは簡単に移ろう。けれどきっと、頑固な保高はあの女が望む限り心変わりもせず、未来永劫《えいごう》なんてクソみたいな名の時間を共有していく。

いつかはあの女を抱き、そして囁《ささや》く。愛してると告げる。『愛してる』なんて、自分は挨拶代わりに数えきれないほど女たちに囁いてきたけれど、保高はその同じ言葉を想いのたけを込めて奏恵だけに伝えるのだ。

――気分が悪い。胸がむかつく。

人の恋路がどうなろうと知ったことではないのに、気がつくと保高と奏恵のことばかりを考えてしまい眠れない。

保高が明かりを消して横になる気配がしても、いつもならとうに眠っている時間がきても、頭は冴《さ》える一方で一向に志上に睡魔は訪れてはくれなかった。

暗がりに慣れた目には、部屋の細部までもが昼間のように判った。

寝返りを打つ振りをして、保高のほうを向いてみる。仕切り代わりに今夜も立てられた炬燵の天板の向こうに、男の黒い頭の影が少しだけ覗いていた。仰臥《ぎょうが》したまま動かない影。

志上はそれを睨《にら》み据え、袋小路に追い詰められたような気分で罵った。

おまえのせいだ。

眠れないのも、自分がおかしいのも。冴えない生活も、みんなみんなおまえのせい――

憎しみを込める志上は、ドキリとなった。

眠っているとばかり思っていた男が、不意に動く。両手を空に翳《かざ》したかと思うと、保高はその手で額《ひたい》の辺りを押さえ、頭を抱える仕草をした。

同じように眠れないらしかった。

奇妙な夜。なるべく音を立てないように再び壁側へ体を向け戻した志上は、ぎゅっと目蓋《まぶた》を閉じた。

5

「別れようと思ってるの」

奏恵の言葉は唐突だった。静かで上品なカウンターバーで志上と並び座った彼女は、カクテルグラスの底に残ったサクランボの柄を指で弄《もてあそ》びながら言った。

「別れるって、保高と？」

志上は目を瞠《みは》り、少しばかりびっくりした顔をしてみせたが、本気で驚いてはいなかった。いずれ口にするはずと踏んでいた言葉だ。

奏恵とは週に二度、保高が当直の度に会った。『彼がいないと、お互い一人で退屈だしね』なんて、理由を語り合ったのは最初の日だけ。二度目以降はもう互いに理由を口にはしなかった。

後ろ暗い密会は、今夜で四度目を数える。

「どうして？」

やや露出度も高くなり、色も華やかになってきた彼女のワンピースの胸元を、志上は冷めた気持ちで眺めて問い返した。

「好きな人ができたの」

返事も予想通りで、なんの捻《ひね》りもない。

奏恵の眸を見つめ、緩く微笑んだ志上は意味深な言葉を放つ。

「ふーん、俺もいるよ。好きな人」

落ちてくるのはあっという間だった。満更でもない振りをしただけで、たったの二週間でこの女は完全に自分に鞍替えするつもりだ。同じ医者なら、より見栄えもいい男に奏恵がなびくのは当然で、初めからその兆しはあった。

この女からすれば、上手いこと二人の男を手のひらで転がしているつもりだろう。

「私たち、間違ってしまったのね。出会わなければよかった。そうすれば慎二さんを傷つけるようなことにもならなかったのに……でも、好きになってしまったのはどうしようもないの。恋ってそういうものでしょ」

自分の不実さを、奏恵はポエムばかりの綺麗な言葉で飾ろうとする。

笑みを作った唇の端を微《かす》かに震わせた志上は、繕うためにカウンターのグラスを手に取った。カクテルグラスの華奢《きゃしゃ》な脚に右手で触れ、握ると口元に運ぶ。鮮やかなグリーンの甘ったるい液体を喉に流し込むと、今度はグラスを置いた手を握ったり開いたり。

志上は宝物を愛《め》でる目つきで、自らの右手を眺める。

ギプスが取れたのは数日前だった。一ヶ月半もの間、志上の右手を拘束し続けていたものは、医者の『外しましょうかね』の一言で、あっけなく取り去られた。まだ完治しているわけではないから無理はできないと言われていたし、急に動かし始めたせいか違和感はあるけれど、とにかく動く右手は素晴らしい。

志上は揚々と立ち上がった。

「奏恵、出ようか？」

近くのコインパーキングに停めていた自分の車まで彼女を案内する。車を目にした瞬間の奏恵のはしゃぎようといったら滑稽《こっけい》なぐらいだった。ペールブルーのＢＭＷ。運転も可能になった志上は、病院を出たその足でマンションに戻り、駐車場から車を出した。マンションの煤《すす》けた部屋を見ると落ち込まずにはいられなかったが、駐車場に放置状態で粉塵《ふんじん》の積もった車のカバーを剝がすときには、久しぶりに対面する愛車に胸が躍った。

「少しドライブでもしようか」

「今日車で来てるなんて知らなかった！　だからお酒を飲まなかったの？」

志上が飲んでいたのはノンアルコールのカクテルだ。

「そう、君を驚かそうと思ってね。飲みたいの我慢するのは大変だったよ。帰りは運転しないですむと助かるんだけど。夜景見ながら乾杯ってのはどう？」

ドライブといっても大抵は目的地がある。走り出した車の中で、海岸沿いのリゾート風ホテルに行こうと告げても、彼女は薄い笑みでそれに応じた。

志上は愛車のハンドルを軽快に操った。街中を抜け、海岸に沿う国道に出ると車の数はめつきり減る。少しスピードを上げて走れば、自分自身が夜風を受けて走っている感じがして気分がいい。

もうすぐ彼女は自分のものになる。そして保高は捨てられる。フロントガラスからドアウインドウを撫《な》でて飛び去って行く景色のように、すべてが自分の望むままに流れていく。

なのに、志上は目的地のホテルが近づき始めると、急に奏恵を抱くのが面倒に思えてきた。ホテルが満室ならいい、永遠に辿り着くことがなければいい、そんな風にさえ考え始めた。判らない。なけなしの良心でも痛むのか、好きでもない女が相手だからか。そんなのはいつものことだ。

ぐずぐずしたくても、アクセルを踏み込んだ車は速度を落とさない。到着するのにそう時間はかからなかった。ホテルの綺麗な部屋、美しい夜景。ベッドで奏恵の裸体を目にしたとき、志上の雄の血は正常に騒いだ。けれど、キスを繰り返すうちに、興奮するどころか萎《な》えそうになった。

性感とあまり結びつかないキス。ぬめぬめした他人の舌の感触を志上は元々好きではなかったけれど、ことに及ぶ前からこれほど嫌悪感を覚えるのは初めてだった。

久しぶりに味わう女の襞《ひだ》の感触は、それなりに志上を楽しませた。一方で、心は冷たい暗がりに持って行かれる。醜く腰を振って性器を押し込む度に、目には見えない深い場所へと落ちていく。下げ潮にでも捕まり、海の底へと音もなく落下するように。

志上は、命綱にでも掴《つか》まるように保高を思い出した。

この女は保高が信じ、抱く予定だった女。人はいくら信じても、やがては裏切る。友情も愛も、簡単に途切れる。赤いリボン一つ、金の匂い一つで——昨日まで信じていたものが、今日には寝返る。

正しさなんてクソくらえ。寝取ってやった、いい気味だ。

なぁ保高、悔しいだろう？　もうこの女とおまえは終わりなんだ。

何度もそう思うことで自分を保つ。

まるでそう、十五のときのように。ベッドを揺らして息を乱しながら、志上はずっと保高の顔を思い描き続けていた。


志上を包んでいるのは暖かく穏やかな風だった。

透明な空気の先にある薄く青い空。チュリチュリと軽やかな歌を奏でる小鳥が、木々から木々へと波を描いて飛ぶ。

四月に入り、めっきり気温も上がってきた。凍えるほどの寒さを感じる夜は日に日に少なくなり、昼ともなれば薄いセーター一枚で充分なぐらいだ。季節は春本番、今日は風も凪《な》いだぽかぽかとした陽気で歩きやすい。

「それ、重いだろ。大丈夫か、志上？」

生鮮食品の入ったスーパーの袋を右手に提げて歩く志上は、不安げに窺《うかが》う保高に苦笑した。ひ弱な女子供じゃあるまいし、買い物の荷物ぐらいで心配されるのがおかしい。

「このぐらい、いいリハビリになるよ」

「くっついた骨が外れても知らないぞ」

「それが医者の言うことかよ」

互いにレジ袋を提げて歩道を並んで歩きながら、志上はくすくすと笑った。保高が買い出しに出かける休みの日は、大抵志上も付き合うようになっていた。今日は薬局のセールも重なったので、生活用品も買い込んで大荷物だ。

「志上、ちょっと寄って行かないか？」

不意に足を止めた保高が、脇道《わきみち》の先に覗く公園の入口に目を向けて言った。公園を囲む木々はほのかなピンク色に染まっている。

「……桜か」

古くからある公園らしく、近づいてみるとどれも立派な大木だった。

こぢんまりとした公園だからか、数人の子供が中央のジャングルジムで遊んでいるだけで、花見客の姿はない。

「折るなよ、志上」

スーパーの袋を地面に置き、桜の枝ぶりに手を伸ばした志上を保高は咎《とが》める。

「いいじゃないか、先っぽぐらい。少しはあの部屋も華やぐぞ？」

「桜の木は折ったらダメになるんだ。それに公園の桜は公共のものだよ」

「……はいはい、判ったよ。ホント、頭堅いよなぁ、おまえって。医者より役人にでもなったほうがよかったんじゃないのか〜」

保高の堅物ぶりに溜め息をつきつつも、志上は公園の古ぼけたベンチに荷物を移して並んで座った。

「悪いな、いつも買い物に付き合わせて」

「べつに。俺ほどの暇な人間もいないだろ。そっちこそ、こんなことしてる場合か？　せっかくの休みだってのに……」

言いかけた志上の言葉は尻すぼみになる。休日はほとんどを奏恵とのデートに費やしていた保高だが、昨日の電話で約束を断られていたのを思い出したからだ。

あれから二週間になる。そろそろ話に上ってもおかしくない。奏恵が別れ話をいつ切り出すのか気になる志上は、電話の内容に真剣に聞き耳を立てるようになっていた。

「予定もなくなったし、ちょうどいいよ。彼女、近頃忙しいらしくてさ」

計算高い奏恵のことだ。保高との縁も残しておくためにはっきりと別れは告げず、とりあえず自然消滅を図ろうとしているのかもしれない。きっちり言わなければ、保高みたいな夕イプは相手を信じていつまでだって待ってしまうに決まっているのに。

はっきりしてもらわなくては困る。でなければ、なんのために自分は——

展開が思いどおりにならず、苛立ちは焦りに変わる。そもそも、こうまでして別れさせたがる自分が、ふと判らなくなった。

当人である保高はといえば、焦っている様子はまるでない。

「俺も平日は忙しくてなかなか構ってやれないし、急患が入って約束をダメにしたこともあるから。まぁ、お互い様だよな」

簡単に納得している男に、がっかりする。よほど奏恵を信じているのか。その証拠に、ドタキャンされたというのに、保高は今朝からずっとご機嫌だった。

「ああ、そうだ。せっかくだし、ここで食うか？」

傍《かたわ》らに置いた荷物の山から小さな袋を選り出し、保高は言った。志上のタバコを買うために寄ったコンビニで、ついでに購入した中華まんの袋だ。

「こんなところでか？」

「花見気分でいいだろ？　志上の好きなビールも買ってくるんだったたな。花見にはそれより日本酒か？」

薄紙の袋に入った二つの中華まんの一つを志上に手渡し、笑みを浮かべて保高は食べ始める。

「そうだな、これで酒があれば……」

志上も袋を開けながらふと横を確認すると、公園の反対側に向けられた眼差《まなざ》しが、眩《まぶ》しそうに桜を見つめていた。黒い保高の眸は日差しのせいかキラキラしていて、見つめながが食いついたものは、ふわりと柔らかな感触を志上の唇に与えた。

「いい陽気だな、和むっていうか」

「あ、ああ、まぁな……」

保高とのん気に和んでいる場合だろうか。自嘲《じちょう》的に思いつつ、咀嚼《そしゃく》した志上は舌で覚えた味に『うっ』と唸って、手にした中華まんの袋を確認した。

「……これ、ピザまんだ」

「あ……そういえば、一つしか肉まん残ってなくて、ピザまんでもいいかって訊かれたんだった。忘れてたよ、変えようか？」

「いいよ、食いかけだろ」

むすっと志上が返すと、保高は微かに笑った。

「じゃあ半分ずつにしよう」

歯形の入った肉まんをさっと二つに割って、綺麗なほうを志上に差し出す。まごつきながらも、それに倣って自分のピザまんを分け始めた志上は、保高の視線を感じた。分ける手元ではなく胸の辺りに向けられた眼差しに、訝《いぶか》しんで顔を見た。

「……なんだよ？」

面映《おもはゆ》そうに目を細めて自分を見ていた保高は、困ったように笑って視線を外す。分け合った中華まんをさっと交換し、公園の中央に向き直ってから、小さな声で言った。

「いや……あのな、それ……やっぱ似合ってるよ」

服のことだった。志上は今日初めて保高からもらったニットに袖を通したのだ。特に今日であることに意味はない。季節もちょうどよくなったからで、意識なんてしていなかったけれど、言われてみれば着替えたときから保高はチラチラと服を見ていた。

志上は落ち着かない気分に駆られる。そんなに意識されては照れくさくもなった。

「……ああ、そうかな。そういや、おまえにもらったんだった」

適当な返事をして、保高とともに園内に目線を向ける。

しばらくしてそっと隣を窺えば、肉まんの残りの一口を頰張《ほおば》る保高の頭に白いものがついていた。木漏れ日に艶々《つやつや》と輝く黒髪にのっかっているのは、頭上の桜の木から舞い落ちた一枚の花びらだ。

「……花、頭についてるぞ」

ぶっきらぼうに告げる志上は、本当は取ってやろうと思ったのだけれど手を出せなかった。

保高の髪に触れるのを、何故だか躊躇ってしまった。

「今担当してる患者さん、不動産屋を経営してるそうなんだ」

保高がそう切りだしたのは、翌週だった。

最初は患者の病気の話をしたいのだと思った。

また病状のややこしい患者でも気になっているのか。

しかし、今夜の保高は夕食の後も一度も本を開いたりはしていない。一人でゆっくりと風呂で湯船に浸《つ》かり、髪を洗って小さな洗面台の前で乾かして部屋に戻った志上に、保高は待ちかねていたように言った。

「十二指腸潰瘍で入院してる人なんだけどさ」

やっぱりその手の話題かと思えば、保高は本棚の前のショルダーバッグを引き寄せ、なにやらごそごそし始めた。ベッドを背に炬燵に向かって座った志上の傍らまで寄ると、コピー紙の束を差し出す。

「なんだよ、これ？」

印刷されているのは間取り図つきの不動産の物件案内だ。

「友達に部屋探ししなきゃならない奴がいるって言ったら、紹介したいってさ。とりあえず、おまえのマンションの近くの物件を参考にもらってきたんだ」

「え……」

「勝手にあれだけど……実は火事のこと話したんだ。そしたら気の毒がってくれてさ、仲介手数料もナシで探してくれるって。病気で俺にも世話になってるからって……いや、俺は仕事だからいいんだけどさ。家賃も安く交渉してくれるって言うんだ。な、いい話だろ？」

随分と条件のいい話だ。志上の手元の紙を一緒になって覗き込み、やけに熱心に説明する。けれど志上のほうは目を向けているだけで、いまいち内容を読み取れないでいた。

「ああ……そうだな」

曖昧《あいまい》な気乗りのしない返事になる。

もちろん、いずれここを出るのは判っていた。いつまでもこんなボロアパートで息苦しい生活を続ける気もない。でも、そのはずが移り住む先を探す計画もしておらず、現実から目を背けるみたいに火事のマンションは放置したままで、唐突な話に戸惑ってしまった。

ギプスが外れて二週間以上になる。なにもかも当たり前にできるようになったし、昨日の夜は久しぶりに店にも顔を出し、短い時間だったけれど仕事もした。

それでも何故か志上は、保高の元を離れる時期を具体的に考えていなかった。

まだ右手はリハビリも残っているし、交通事故の補償金も受け取ってないから懐《ふところ》は心もとないし、元のマンションのローンの問題だって——どれも言い訳めいている。その証拠に、保高がにこにこと繰り広げる話に、少しも乗り気になれない。

「自賠責からの保険金がもうすぐ下りるそうなんだ。仕事はこのまま復帰させてもらえるんだろ？　前と似たようなマンションってなると、家賃も高くなってしまうけど。その……あの部屋のローンはどうなってるんだ？　まさか一括で購入したんじゃないんだろ」

「ああ、ローンなら払ってるよ。事故なら賠償してもらうつもりだけど」

「……そうか、ガスの臭《にお》いがしてたって言ってたもんな。でも、新しい部屋の家賃はなるべく抑えたほうが無難だろ。もっと手頃な物件も探してくれって頼んでおこうか？　当面の生活費が心配なら、俺が引っ越し費用は立て替えたっていいし」

立て替えてまでもらわなくとも、預金がないわけではない。

志上は炬燵の上の灰皿を引き寄せた。二ヶ月以上を保高の部屋で過ごし、引っ越しには諸《もろ》手《て》を挙げて喜んだっていいはずだ。なのに、煙草を吸わねば落ち着かない気持ちになっている。

保高は非喫煙者で、最初は嫌がらせのように吸っていたけれど、今はほとんど部屋では吸わなくなっていた。気を使っているつもりはない。保高が『好きに吸えよ』とばかりに、灰皿まで用意して炬燵に置いたりするから、天《あま》の邪《じゃ》鬼《く》な自分は嫌になっただけだ。そう、たまに吸うときも台所の換気扇の下まで移動することだって――

志上はいつも自分に言い訳した。保高といると、言い訳してばかりだ。

「……保高、おまえ嬉しそうだな」

笑って言うつもりが、非難がましく尖《とが》った声が出る。

「え、嬉しそう？」

「厄介《やっかい》払いを早くしたくてたまらないんだろ？　いつまでも居候して悪かったな」

「まさか、俺はそんな風に思っていない」

保高の目は僅《わず》かに泳いでいる。

本心ではない、そう感じ取ると無性に腹が立ってきた。

咥《くわ》えた煙草に火をつけようとしても、何度ライターを鳴らしても火は点《とも》らない。中が空であると気づき、志上は手荒に煙草もライターも炬燵の上に放り出した。

「『好きなだけここにいればいい』なんて言ってたくせして、あれはやっぱり嘘だったわけか？　その場凌《しの》ぎの慰めに、調子のいいこと言いやがって」

「志上……おまえ、なにを怒ってるんだ？　おまえこそ、こんなアパート早く出たいってそういう顔してたじゃないか。だから早くいい部屋見つけたほうがいいと思って……」

「俺のためだってのか？　じゃあおまえは俺がここにずっといたいって言えば、そうしろって言うのかよ？」

自ら口にしておきながら、志上の頭はカッと熱くなった。それが摑めない自分の本音に聞こえたからだ。

ずっといたいなんて、そんなこと望むわけない——

「それは……」

保高が言い淀《よど》む。志上は不覚にも落胆する自分に目眩《めまい》がした。

事故はともかく、家が火事になったからといって保高に面倒をみる責任はない。

『ああ、もちろん、おまえがそうしたいなら』……そんな言葉を一瞬でも期待した自分を知り、ますます頭の芯《しん》まで火がつきそうに熱くなる。頬までカッカと火照《ほて》ってきて、くだらないことに本気で腹を立てたり真剣になっている自分が、恥ずかしくなった。

志上は憤懣《ふんまん》をぶつけるものを求め、手にしたコピー紙を保高の胸元へバサリと投げつける。嫌な沈黙が襲う。数秒か数分か、たぶん一分にも満たない時間にもかかわらず、沈黙はやけに長く感じられた。

やがて保高が折れて呟いた。

「実は昨日、奏恵と別れたんだ」

低い沈んだ声に、志上はハッとなる。昨夜自分がホストの仕事で出た間に、保高が奏恵と会っていたなんて知らなかった。脈絡も繋《つな》がりもない話に思えたけれど、すぐに合点はいった。

——そうだったのだ。それがきっかけで、保高は自分といるのに嫌気が差したのか。

奏恵は自分と付き合い始めたのを、保高に打ち明けてしまったに違いない。

仕向けた結果にもかかわらず、志上は浮かれる気分にならなかった。保高に憎まれたからといってなんだ、望むところだ。愛していた女と、友達だと勝手に信じ込んでいた男に同時に裏切られる。疑うことを知らずにのうのうと暮らしていた自分を後悔すればいい——

いつもどおりに腹でいくら毒づいてみても、気持ちは晴れない。

「別れたいって言ったらあっさり応じてくれたけど……」

言いづらそうに保高が紡いだ言葉に、一瞬、聞き間違えたのかと思った。

膝上でぎゅっと作られた保高の拳《こぶし》に向けた目線を、志上は慌てて起こす。

「……え?」

誰が誰に別れ話を切りだしたのか。奏恵にフラれたんではなかったのか?

「ちょ……ちょっと待て、それってどういう……」

保高が先に彼女を捨てるなど、考えも及ばなかった。性格的にも、そして態度からも。保高は奏恵に惚れていた。食事に自分が一緒に出かけた程度のことにも嫉妬して、機嫌を悪くしたりしていたのに——

混乱した頭で考えを巡らせる志上に、保高は静かな声で言う。

「俺は、おまえが好きなんだ」

それは、あまりに真《ま》っ直《す》ぐな言葉だった。目を瞠り、呆然《ぼうぜん》とした顔で見つめる志上に、保高は落ち着いてはいるがはっきりとした声で言った。

志上は最早《もはや》目を逸《そ》らすこともできず保高の顔に視線を釘《くぎ》づけにする。

「今はもうそんなはずはないと思ってたし、彼女もいるから違うって……ずっと自分にそう言い聞かせてたんだけど……ごめん、ダメだった。俺はまたおまえのことが好きになってしまった」

放心して耳を素通りしそうになる男の言葉を、志上は懸命に頭に引き戻した。

「また……ってなんだよ、それ……」

「中学のとき、おまえのことがずっと好きだった。最初は、なんて綺麗で可愛い子なんだろうって思ったよ。覚えてるか？　入学して最初に教室で喋《しゃべ》ったときだ。おまえは男だってすぐ判って、がっかりしたよ。ガクラン着てたし、勘違いしたのがホント変なんだけど……なんだったんだろうな、あの気持ちは。きっと一目惚れってやつだったんだろうと思う。あの頃はまだ好きとかよく判らなかったし、ただ友達になりたいって思っただけだけど……」

「綺麗って、おまえ……俺が男とかがっかりする前に、ほかに驚いたことならあっただろ？」

今はない左手の指の存在を、志上は仄めかした。

綺麗だ不細工だのの前に、誰もが最初はそれに気を取られる。アヒルの真っ赤なリボン。自分の手を見ると、必ず気持ちが一歩引くのを手に取るように感じた。

「そりゃあ……少しはびっくりしたけど、すぐに慣れたし」

『嘘をつけ』と返してやりたかったけれど、『慣れた』なんてまるで表現も選ばない言葉は、かえって本当に聞こえる。事実、保高はいつも自分と共に行動したがっていた。

「それより、そのことでいつもピリピリしてるおまえのほうが気がかりだったよ。周りの反

応とかのせいだったんだろうけど……俺は決定的におまえに嫌われることをしてしまって、話もしてもらえなくなって……けど、いつもおまえが気になって仕方がなかった」

保高は伏し目がちになり、ついに自分の膝へと目を落とした。

「決定的？　ああ……」

給食の時間の事件を言っているに違いない。あの屈辱的な瞬間を与えた保高を、志上は許さず、以降滅多に口もきかなくなっていた。

「べつに今更……おまえはよかれと思ってみんなを注意したんだろ？」

「あのときは、ああすれば上手くいくと思ったんだ。バカだったよ。嫌われても、すぐにおまえを目で追ってしまった。三年になってまた同じクラスになれたときは嬉しかったな。あんまりおまえのことばっか気になるから……これは恋なんだろうなって、絶対そうだって思い始めた」

ふざけたことを言うと思った。それは大きな勘違いだ、自分がもっとも嫌悪する類《たぐい》の感情を抱《いだ》いていただけだ。

「恋じゃなくて同情だろ」

志上は吐き捨てる。

「同情で男が抱きたいと思うのか？」

目を瞬《まばた》かせ、志上は保高を見た。

抱きたい、今この男は確かにそう言った。

さらりと応えて俯いた保高は、自嘲的に笑った気がした。

「三年の秋のこと……志上、忘れてないよな？　おまえが知らない男に体を売ろうとしてるって気づいて、ショックだったよ。そんなこと絶対にさせないと思った。なんとしてでもやめさせなきゃって必死になって……でもおまえにお金を突き返されて、打ちのめされた」

結局男にやらせて金を得たのを、志上は保高に意趣返しのように匂わせた。

「しばらく立ち直れなかったな。最悪なのは、俺はあのとき少しがっかりもしたんだ」

「……がっかり？」

「間違った行為だとか、おまえを汚されたくないとか、いろいろ止める理由はあったけど……俺は単に恩を売りたかっただけかもしれない。そしたら、出会ったばかりのときみたいに、俺にまた少しは好意を持ってくれて、もしかしたら俺を好きになってくれるんじゃないかって、どこかで計算していた気がする」

「計算……」

保高からはもっとも縁遠い言葉に感じられた。

「ああ、おまえに好かれて俺は……俺もおまえを抱きたかったのかもしれない。結局おまえを金で買った男と似たようなもんだ。俺は金で志上の気持ちを引きつけようとしていた。自分が嫌になったさ。俺は汚い。正しいことを言うのは口先ばかりで、心は汚い」

目の前にいるのは誰だろう。

志上は、次第に判らなくなった。

正しさを求め、正義感の塊《かたまり》であるのを自負しているはずの男。汚いのは俺で、綺麗なのはいつもおまえ。

保高は天高い場所から自分を見下ろし、軽蔑《けいべつ》しているとばかり思っていた。

「今だってそうだ。前に風呂場でおまえにバカなことしてしまって、いよいよ俺は最低の男だって自覚した。おまえをまだ好きなんだってことも。嫌がるのが判っていて、あんなことをしたがる自分が信じられなかった」

志上は苦笑する。おぞましい言葉の数々であるはずなのに、鳥肌が立つどころか、ほっと体を弛緩《しかん》させている自分がいた。

さっきまで感じていた焦りや苛立ちは、保高の告白ですべて吹き飛んだ。

「志上、この先一緒にいたら……俺はなにをするか判ったもんじゃない」

「はっ、俺を急いで追い出しにかかる理由はそんなことなのか」

志上は自分がなにを口走っているのか、よく判らなかった。

「そんなことって……好きなんだぞ、俺はおまえを」

伏せがちだった保高の目が、再び自分へ向く。

「何度も言わなくてももう判った」

膝上できつく握られていた保高の手が緩む。ゆっくりとスローモーションのような鈍い動きで、志上のほうに伸ばされる。

志上は動こうとはしなかった。否、動けなかった。

両頬に微かに触れる男の指先。産毛を撫でるような遠慮がちな動き。さっき志上に胸元に投げつけられたまま、保高の正座した足にのっかっていた不動産屋の案内が、畳の上へ滑り落ちる。膝立ちで自分の元へ近づいてくる保高がそれを踏みつけ、白い紙はグシャリと嫌な音を立てた。

「志上、好きなんだ」

泣きそうな男の声。頬を覆っていた保高の手が、志上の小さな顔を包む。身動きもできないでいたのに、男の唇が触れた瞬間、志上の唇は微かに震えた。互いに目を開いたままで、志上の視界には保高の澄んだ黒い双眸《そうぼう》がいっぱいに映った。

押し当てられた唇が離れていこうとしたとき、志上はそっと目を閉じた。誘われて再び戻る唇は、さっきよりも強く押し当てられた。確かな口づけの感触。凝り固まっていた自分を、柔らかに押し潰す。

志上の中には抜け落ちていた思考がようやく戻ってきた。

自分は一体なにをやっているのだろう。不幸にするはずだった男の告白を受け入れようとしている。彼女を奪い取ろうとするほど、憎んでいた男なのに。

なんのために？　なにか自分の中には、身勝手ながらもいつもたくさんの御託が並んでいた。信頼がどうとか、裏切りがどうとか。

今受け入れる理由は、後で打ち捨てて傷つけるためだろうか。

——なにかが違う。釈然としないものが残る。

触れ合わせた唇の間から、保高の舌先がそろそろと窺い気味に割り入ってくる。志上はその感触に、尖った肩先から背中まで細かに震わせた。ぞっとしたのではなかった。締めつけられたみたいに竦《すく》み上がった胸に、なにか得体の知れない痛みとも心地よさとも判断つかないものが広がっていく。

保高を今も憎んでいるのなら、何故こんなにも自分は喜んでいるのだろう。

身体中で悦《よろこ》んでいる。自分を欲している男を感じ、志上は打ち震えた。胸の奥深くから湧き上がって、占めるものは生まれて初めて知る感情だった。

甘い痛み。

キスは嫌いなはずだったのに、遠慮がちに忍び入ってきた舌を、志上はもどかしげに自ら吸い上げた。驚いて逃げ退《の》こうとする保高の頭を抱き寄せ、夢中で貪《むさぼ》る。舌を擦《こす》り合わせただけで、クラクラと酩酊《めいてい》するような感覚が体を満たしていく。口づけという行為に、志上は今までにないほど感じていた。

湿った舌も、行き交う吐息の熱さも、溢《あふ》れそうなほどの唾液《だえき》すら悦びで満たす。

長く溺《おぼ》れたキスの後、志上は男の首元に顔を埋《うず》め、両腕を広い背中に回した。腕にしっかりと抱いた大きな身体の存在感、保高の首筋からは少し病院で感じる消毒液の匂いがした。

「保高……」

俺のものになった。志上は泣きそうになりながらそう思った。

この男はもう俺のものだ、俺のものなんだ――

「……志上」

戸惑うような声。志上はその身に押しつけた額を擦りつける。

保高に固執《こしつ》し、憎しみだと思っていた感情が、恋であることに志上はようやく気づき始めた。

保高とのセックスは、それまで誰とも体験したことがないものだった。

男との経験はいくらでもある。左手の整形費用欲しさに付き合った男とは何度も寝たし、一度安易にお金を稼ぐ方法を覚えると人間とは堕落するばかりで、その後も金に困って何度かほかの男にも抱かれた。

女とはときには金と関係なく寝たけれど、どの相手とも長続きはしなかった。すぐに飽きて、セックスの途中で放棄してしまいたくなったこともある。乳房を揉《も》んだら、今度は下半身を探って……こないだは正常位だったから、今夜はバックから、ちょっと疲れたら上に乗っかってもらい、下から適当に突き上げて——なんて、シナリオ立てた風なセックス。どんなときも冷静な自分がいて、溺れたりはなかった。

だから勢いに流されるまま『保高としたい』なんて欲求が芽生えても、肉体的にはありふれたセックスでしかないと踏んでいた。

ベッドの上で重なり合う瞬間までは。

「なんか緊張するな」

縺れる指で志上のシャツのボタンを外しながら保高が照れ笑っても、志上はなにも返せないでいた。変だった。保高は初めてだから、自分に任せておけばいいぐらいの気持ちだったのに、緊張は飛び火でもするのかいつもの調子を出せない。

「もう自分でやるからいい。おまえは勝手に脱いでろよ」

突き放すように言ったのは、もたつく男に苛ついたからではない。保高に肌を露にされていく状況が急にいたたまれなくなったからだ。

それは自らボタンに指をかけても同じだった。

指先が痺《しび》れたみたいに震えた。シャツの下の生白い肌。痩《や》せてはいるけれど、筋肉がまるでないわけではない。女の前で堂々とできる程度には志上もバランスの取れた体で、誰に見られるのも恥ずかしくはなかったのに、相手が保高というだけで駄目だった。

ひと月以上も毎晩のように風呂場で晒《さら》していたのに、意識するなんてどうかしている。セックスだって、子供を相手にしているようなものだと思えばいい。

二十五歳で童貞の男なんて、そうはいない。それなりに場数を踏まえているはずの年齢にもかかわらず、未経験という保高のセックスはあり得ないほど稚拙だった。呆れるくらい不器用で、一つのことに集中するとほかには頭が回らない。キスをしながら両手で愛撫《あいぶ》するような、当たり前のことさえしようとしない。

『ずっと欲しかった』なんて熱っぽく語った気持ちだけは本当のようで、ある意味がむしゃらだった。

一方的に与え、仕え尽くそうとする。志上が感じそうな場所を見つけると、脇目も振らずにそこばかりを愛撫してくる。

キスなら舌の裏っ側。上半身なら色づいた欠片《かけら》みたいな小さい乳首。掠《かす》めた指のくすぐったさに身をくねらせたが最後、保高は狙いを定めてそこばかりを弄《いじ》った。

唇を落とすとちゅくちゅくと淫《みだ》らな音を響かせ、もげてしまうんじゃないかと心配が過《よ》ぎるほど執拗《しつよう》に吸い上げる。

「あっ、もう……いたっ、痛い…って……」

志上の反応は悲鳴混じりに変化して、ようやく気がついた保高は慌てて顔を起こす。赤く充血した乳首は熟《う》れた小さな果実みたいになっていて、保高の唇が離れてもじんじんと痺れていた。

「志上、悪い……夢中になった」

「……ちょっ、ちょっとは考えろよ」

志上はむっと唇を尖らせるも、保高は頭上から体の一点をじっと見つめている。

視線の先は両足の間だ。

「……なんだよ?」

「いや、よかったと思って。志上、ちゃんと感じてる」

「なっ……」

心底ほっとしたらしい保高の言葉どおり、志上の中心は頭を擡《もた》げていた。ヘタクソでメチャクチャな愛撫だと呆れていたのに、張り詰めた性器は手のひらに包まれると嬉しそうにぴくんと弾む。

保高のやけに丁寧な指の動きは、風呂場で手淫《しゅいん》を強要したときと同じようでいて違った。ただ解放へ導くのではなく、焦《じ》らすのが目的であるかのように緩急をつけて慈《いつく》しむ。

あの突然の口淫をしたときみたいだ。

どんな気持ちであのとき、保高が自分にそうしたのか判った気がした。

セックスの間も口数は少ない男。けれど、ただ傍《そば》にいるだけの普段と違い、肌と肌を触れ合わせれば伝わることもある。圧《の》しかかる体の重さ。自分よりもずっと高い体温。それから

——不器用な愛撫が、稚拙にもかかわらずやけに感じてならないことだとか。

弾《はじ》ける手前まで高めてから、保高は志上の両足を抱えた。そろりと足を割られたかと思うと、膝を折り畳んで掲げられ、安っぽい蛍光灯の明かりの元にすべてが露になる。

しなやかに反り返った性器や、白い腹へ伝う透明な光る糸。肉づきの薄い双丘《そうきゅう》の狭間《はざま》の奥まった部分も、全部。

「……あんま、見るな」

露骨に浴びせられる視線に息が上がる。明るい場所では嫌だと騒ぎ立てるほど初心《うぶ》ではないのに、暗くしろと叫びたくなった。

けれど、それすら羞恥心《しゅうち》を晒すみたいで志上は言えなかった。命じればきっと保高は応じるに違いないのに言えないなんて、なにもかも調子を狂わされる。

「志上、すごく……きつそうだ。こんなとこに挿《い》れていいのか？」

感想を述べられたあげく、不安げに問われた。

「……挿れたいんだろ？」

「……ああ……うん、そうしてもいいなら……したい」

子供っぽく素直に頷いた保高の指先が、まだ乾いている窪《くぼ》みを撫でる。

びくりと背筋を震わせる志上は、初心者すぎる男に一瞬不安になった。いきなり突っ込んでくるのではないかという不安だ。指で慣らすぐらいするだろうと、すぐに考え直したものの、裏切られる。

「ひっ……」

左右に薄い肉を割られ、指ではない湿った感触が走る。

「ほっ、保高、おまえ……なにやってっ」

枕から頭を浮かせた志上が目にしたのは、尻に顔を埋める男の姿だった。

「バカ、汚い…っ……」

「べつにそんなことない……拡《ひろ》げないと無理だろ」

「だからって、おまえ……」

平然と応える男に目眩がした。志上を金で買ってきた男たちは、慣らすにはローションの類を使った。ここにそんなものが用意されていないのは判っている。それでも、なにか代用品になりそうなものぐらい……そう考えて、志上はローションの存在も保高は知らないのかもしれないと焦った。

だからといって、いきなり舐《な》めるだろうか。

自分ならしないし、できない。そんなことを考える間にも、志上の戸惑いにも気づかない保高は、舌をぴちゃぴちゃと鳴らしてそこを舐める。

「……ひぅ…っ……ふぁ……」

猫みたいな舌の動きで、硬く噤《つぐ》んだ場所が溶かされる。柔らかく解《ほど》けていくだけでなく、うずうずとした疼《うず》きが湧き上がってきて、今までこんな風に感じただろうかと頭を巡らせる。判らない。未知の感覚にばたつかせそうになる志上の両足を深く抱え直し、保高は熱心に舐めて解《ほぐ》した。

「やめっ……」

こんなのは嫌だ。こんなのは、おかしくなる。体の奥へと繋がる窄《すぼ》まりは、口を開けてしまえばまるで男を誘っているようで、保高の舌は喜び勇んで中へと侵入を開始する。

「ひぁ…ぅっ……あっ、待…っ……あ…んっ……」

ゆるゆると出し入れされて、志上はぐずつく声を上げた。腰にじんわりと甘い痺れが広がっていく。潜り込んだ湿った舌に優しく中まで掻き回され、いつしか潤んだように丸みを帯びた声音《こわね》は、今にもねだり声へと変化しそうだった。

志上は撒《ま》き散らしそうになる嬌声《きょうせい》を、口元を覆った指を噛《か》んで堪《こら》えた。苦しげにしている自分の姿を嫌悪感のせいだと思い込んだのか、保高は何度か詫びながら愛撫を続ける。

「志上……志上、悪い……我慢してくれ」

「……んんっ」

舌と唾液で蕩《とろ》けさせられた細い道筋に、保高の節ばった長い指が入ってくる。そろりと内壁を探りながら進んでくる指に、志上は肌を震わせた。

「んっ……あふ…っ……」

敏感なところを擦られ、鼻から吐息が抜ける。

「ここ、感じるのか？」

「……ちがっ……あっ、あぁっ……やめ……」

「ここ……弄ると前がすごく濡《ぬ》れてくる……ああ、すごい」

口先で志上が否定しても意味はない。勃《た》ち上がった性器に保高の声は嬉しげだ。

理屈は判っている。浅めの場所は前立腺に近くて、感じやすいということ。そう理解できていても、性器を濡らすほど感じているのをつぶさに保高に見つめられ、どうにかなってしまいそうだ。

辱《はずかし》めるために言っているわけではないのだろう。保高はセックスに対してひた向きだった。ただ、少しでも多くの快楽を与えようと必死なだけ——

「あっ、嫌だ……やだって……も、そこはっ……」

嫌だと言いながらも、とめどなく声が零《こぼ》れる。

「あっ、あっ、やめっ、も……そこばっか…っ……」

抗議は途中で途切れた。志上はやや唐突にベッドの上の背を撓《しな》らせ、肌をシーツに擦りつける。二、三度身を揺らしただけで、ぴゅっとなにかが噴いた。吐精したのだと、自分でも遅れて気づいた。

「あ……うそ……」

予期せぬ出来事に情けない声が出る。

「志上……ちゃんと、こっちでもイケるんだな」

こんな訳の判らないセックス、志上は初めてだった。

生理的な涙の滲《にじ》んだ志上の眦《まなじり》に保高は唇を押し当て、許しを請うように言った。

「ごめん……無理にしないから」

『なにが?』と間抜けに口にした問いに、返事はなかった。

ほとんど後ろだけで達してしまい呆然となった志上の濡れた腹を、ベッドの端に脱ぎ捨てたアンダーシャツで保高は拭《ぬぐ》う。まだ萎えきれずに勃起したままの性器の下に宛《あて》がい、ロマンティックどころかスマートでさえないことを言う。

「また濡れるだろうから」

妙なことに気を回す男。乱暴にされたほうが、どれだけマシか判らない。

噛み合わないセックスの生々しさに頭がぐらぐらする。保高が意図していない言葉や仕草に激しい羞恥を覚え、過剰なまでの気遣いと一途《いちず》な愛撫のせいで志上はどこまでも振り回された。

「……ぁっ……や、あっ……あぁっ……」

再び限界まで高められ、煽《あお》られてイキそうになる。長い指を使って保高は志上の内奥を掻回し、揃《そろ》えた二本の指を奥で開かれ、敏感な場所を時間をかけて慣らされる志上は啜《すす》り泣いた。

「も……やめっ…ろって……あっ、もう……ホントに我慢できな…っ」

「まだ、狭いんだ……もう少し、もう少しだから……」

抑えきれない先走りが鈴口の裂け目からしとどに溢れ、宛がわれた保高のシャツを濡らす。切なく喘《あえ》いで、飲んだ指をねとりとした動きで締めつけた。

「……やくっ……なぁ、早く…して…っ……」

志上は欲しいと腰をもどかしく揺らし始め、指が抜き出された縁は物欲しげにヒクついて綻び、薄紅色の中を艶《なま》めかしく覗かせた。

「大丈夫……だよな？　指……抜いても開いてる」

「ほっ、ほだか…っ……」

「……可愛いな」

「やめっ、そんな……」

「……志上、可愛い」

ずれた賛辞に反論する気力もなかった。

「もう、嫌だ……早く……なぁ、ほだか……はや、くっ……」

『早くしろ』と言ってもきかないから、『欲しい』と言葉にした。ねだりがましく腰を突き

出し、保高が欲しいと泣き声を上げる。

頭は朦朧《もうろう》としていて、なにもかもメチャクチャだった。

「ひぅ…うっ……」

「……痛いか？」

猛《たけ》りきった欲望を宛がった男は志上の中へ入ってくる瞬間、不安そうに眸を覗き込んだ。後ろを使うセックスは久しぶりだったけれど、痛みなど感じる暇もなかった。欲しがっていた熱が疼く源を掻き分け、奥へと入ってくる。自分の中へと、保高が埋まる。

志上は保高の広い背に取り縋《すが》り、突き入る情熱を迎え入れた。

甘い陶酔が体を駆け巡る。

「……だか、保…高っ……」

ぼんやりと焦点の定まらない目で見上げると、すっと男の顔は近づいて来た。唇が触れ合わさり、招き入れた舌を捕らえた志上は啜り喘いで腰を振る。保高もそれに応え、打ちつける腰の動きは、まるで波が一つになるみたいにリズムが合わさっていく。

「好きだ……志上、俺はおまえがずっと好きだった」

言葉に胸が疼く。ただ夢中だった。

保高が自分を求め、志上も応えて欲した。

心から、必要としていたものであると気づいた夜。

激しさを増して互いを奪い合う間、余計なことは考えなかった。セックスが早く終わればいいなんて一度も思うことはない、この夜がずっと続けばいい、朝なんて来なくていいとさえ、志上は考えていた。

何度も繰り返し抱き合い、互いを確かめ——志上は初めて人肌を心地がいいと思った。

深い眠りから目覚めるのは唐突だった。

いつもは就寝時は、ベッドの脇に立てて置かれた炬燵の天板に遮られて差し込まない朝日が、志上の顔を照らしていた。目蓋を開いた途端に襲った眩しさに、志上は顔を顰《しか》める。目をショボショボさせるうちに光にも慣れてきて、狭いが見晴らしのよくなった部屋が視界に映った。

天板の衝立《ついたて》がない理由に気がつき、ハッとなって飛び起きる。

「いっ……て……」

志上は突然自覚した全身に及ぶ不調に眉根《まゆね》を寄せる。体中がだるく、特に腰は痺れたみたいになっていた。

——保高とセックスしたのだ。

部屋には毎朝漂っている味噌汁《みそしる》の匂いがしていた。台所から聞こえる微かな物音が、やがてピタリと止《や》んだかと思うと当の保高が顔を覗かせた。

「志上……もう起きたのか。けど、ちょうどよかった」

なにがよかったのか、聞き返す間もなく男は身を翻して再び台所へ消える。なかなか戻ってこない。覗きに行く気力もなくぼんやり待っていると、ようやく戻った保高は志上が愛用しているマグカップを手にしていた。

「ちょうどお湯が沸いたところだったんだ。飲まないか?」

ベッドの端に腰を下ろして差し出され、裸のまま布団ごと膝を抱いた志上は受け取る。コーヒーだ。カップのコーヒーは薄い色をしていて、随分とまたアメリカンなんだなと酷評しそうになったけれど、口を近づけると立ち上る豊かな香りが鼻腔《びこう》を擽《くすぐ》った。

「……インスタントじゃないな、これ」

志上の一言に、保高は苦笑した。

「妹が送ってきたドリップオンコーヒーなんだ。贅沢《ぜいたく》だからいらないって断ろうとしたんだけど、もらっておいてよかった」

そう言ってはにかんだかと思うと、黙って飲み始める志上の体を、抱えたままの膝ごと背中からそっと抱きしめる。

「目覚めのコーヒーっていうのかな。こういうのちょっと憧れてたんだ」

「……ふうん、女みたいだな」

擽ったい男の言葉に、志上は愛想もなく返す。

「……機嫌が悪いな。昨日のこと……やっぱり怒ってるのか？」

同意の上だし、自分も望んでいたのだから怒るはずがない。保高の扱い方にはまいったけれど、今まで得たことのない充実感のあるセックスだった。

とんでもない痴態を晒しまくったのを振り返ると、頭の中まで真っ赤に染まりそうになる。でも、そんな気恥ずかしさとは無関係に、志上の頭には暗い穴がぽっかり空いていた。昨夜の余韻に浸って、身を寄せ合う気にはなれない。

「ここ……跡が残ってしまったな。痛くないか？」

抱きしめる保高の指が、左の胸の尖りの上をそろりと撫でる。散々吸い尽くされて嬲《なぶ》られた志上の乳首は、今も普段より赤く染まったままだった。

触れられるとヒリつく痛みが走り、それだけでなく甘い痺れが微かに蘇《よみがえ》ってきて、志上は慌てて身を捩《よじ》る。

「あっ、ごめん、痛かったか？」

「いや、べつに」

「そうだ志上、シャワー浴びなくていいか？　まだ出かけるまでに時間あるし、なんだったら……手伝うよ。昨日興奮しすぎて、その……俺、おまえの中に……」

歯切れ悪く口ごもって尋ねる男の言葉にカッとなる。言われなくとも、判っている。

「余計なことはするな。それぐらい自分でやるからいい」

二の句を継がせないピシリとした言い草に、保高は黙り込んでしまった。それでも両腕を回して包んだ体はなかなか離そうとはせず、項垂《うなだ》れた男の頭が志上の肩口に埋まる。

弱りきったくぐもる声で、保高は言う。

「……ごめん。やっぱり怒ってるんだな。なんか抑えが全然利《き》かなくて……俺、ちゃんとした人間なんかじゃなかった。そういう衝動とかってコントロールできると思ってたのに……おまえが欲しいと思ったら訳が判らなくなって、止められなくて……本当にすまない」

志上は首を捻って、その顔を見ようとした。肩に伏せてしまった男の頭部は黒い髪しか見えなかったけれど、誠意を欠いたと気に病んで詫びる男を可愛いと思った。そうまでして自分を欲しがった男を、不覚にも愛《いと》おしく感じてしまう。

「……バカだな、おまえ」

「え……？」

「雛鳥《ひなどり》みたいだ。鳥の雛ってさ、最初に見たものを母親だって思い込むとか言うじゃん……そんな感じ」

「それって、どういう意味だ？」

「だって……」

——俺にはそんな価値など全然ないのに好きだと言う。

そして、信じられないことに、自分もこの男が好きで好きでたまらないのだ。一度認めてしまえば、すべてが恋情の結果に転化され、恋しさが募《つの》る。志上はもうそれに逆らえない自分を感じていた。

晴れた日の朝、眩しい光に照らされた一日の始まりに、愛し合った男が美味しいコーヒーまでもを用意してくれる。誤解も行き違いも解け、めでたくハッピーエンド。そして末永く幸せに暮らしました――だったらどんなによかっただろう。

「保高、おまえ……なんでそんな格好なんだよ？」

さっきから保高の首のネクタイの結び目が、素肌に当たっている。志上は保高の腕を振り解くと、男のきちんとしたスーツ姿を物珍しげに見た。

「ああ、今日は他所《よそ》の病院の医師も交えた会合があるんだ。まともな格好してないとマズイし」

「ふーん、おまえでもスーツ着れば変わるもんだな」

意地悪くからかって笑うと、保高は『ひどいな』と情けない顔で返した。

本当は素直に格好いいと思った。白衣を着ていなくとも、保高が凛々《りり》しく見える。スーツを着ようと保高は変わってはいなくて、人混《ひとご》みに紛れてしまえば判らなくなる十人並みの男なのかもしれないけれど、志上には眩しく見えた。

もう一度よく盗み見ようとした志上に、保高は思い出した顔で口を開く。

「ああ、そうだ……言ってたと思うけど、今夜その後は俺は当直だから」

確認の言葉に、志上の気持ちは一気にまた曇った。

保高の当直——それは、志上が奏恵と会う日を意味している。

「志上は？　今日、店の仕事に行くのか？」

「あ、ああ。帰りはたぶん深夜になると思うけど」

「そうか。酒ばかり飲んでないで、ちゃんと食事も摂れよ？」

笑みを浮かべ、保高は志上の髪をくしゃりと撫でる。温かい大きな手のひらの感触に、志上は俯いた。

「酒を飲むのがホストの仕事だろ」

保高の優しさが息苦しい。今更奏恵と寝たりしなければよかったと思う。さっさと保高の気持ちに……いや、せめて自分の気持ちに気づいてさえいればよかった。

そうすれば、きっとこんなややこしい事態には陥らずにすんだのに。種を蒔《ま》いたのも育てたのも自分のくせしてどこまでも身勝手に考える。

——どうにかしなくては。

犯した恐ろしい間違いはなかったことにしなければならない。

「……苦いな」

カップの底に残ったコーヒーを飲みながら、志上はぽつりと言った。

奏恵の気を惹《ひ》きつけるのはあんなにも容易《たやす》かったのに、逸らすのは困難だった。保高と体を通じ合わせ、心も通い合っていたと気づいた夜から二週間が経つ。志上は彼女と数回会った。別れたい、身勝手に思う心は止めようがなく、話をそういう方向に持っていこうとしたが、欠片も雰囲気は作れずにいた。

当たり前だ。めでたく結ばれて付き合い始めた恋人同士が、たった二週間、数回のデートで壊れるはずがない。普通なら盛り上がって然《しか》るべき時期で、奏恵のほうは会うたび上機嫌だった。

「こんな小さな部屋で驚いた？」

その夜は部屋に誘われた。奏恵の家はアパートで、ワンルームのこぢんまりした部屋だった。築間もない小綺麗なアパートだけれど、思った以上に質素な暮らしぶりだ。服にあれだけ気合いを入れており、年齢や職業的に見てもまぁ妥当な女性の住居なのかもしれない。

誘われるまま訪ねたのを後悔したのは、訪れて二時間ほど過ぎたときだ。

愛想よく話しつつも、ホテルに誘った夜と違い積極性を失った志上は、ベッドの傍を避けて床のラグマットから離れずにいた。けれど、彼女は大胆にも自ら身を寄せてきた。渋々キスは交わしたものの、これ以上は避けたい。

腕時計を何度も見て時間のない素振りをする志上は帰りを告げ、奏恵は不満げだった。

「明日は日曜だし仕事は休みでしょ？　泊まっていけばいいのに」

「今日は保高になにも言わないで出てきたから……もうすぐ帰って来る頃だし、変に勘ぐられるのも嫌だろ？」

「あなたにも付き合ってる人ぐらいいたって、おかしくないでしょ」

「それが君でも？　バレたらさすがに気まずいよ、俺は……」

志上の苦しい誤魔化しに、彼女は溜め息を漏らす。

「ねぇ、いつまで慎二さんの部屋にいるの？　慎二さんに遠慮し続けるなんて嫌よ」

怪我もとうに完治し、火事で帰る家をなくしていると知らない奏恵からすれば、いつまでも保高のアパートで暮らす志上は不自然に決まっている。

「い、今……実は引っ越しを考えてるんだ。ほら、俺も病院で当直が多いだろ？　帰りも毎日遅くて寝に帰るだけみたいなもんだし、保高の家ぐらい近いと便利でさ。つい居心地がよくなって居ついちゃって……だから、俺ももう少し手近な場所に引っ越そうかと探してる。今は保高を怒らせると面倒だし、帰るよ。ごめん、また連絡する」

「里利《さとり》さん……」

苦しい言い訳を並べ、志上は逃げるように奏恵の部屋を後にした。

とても別れたいだなんて言いだせない。告げたが最後、奏恵がどんな手段に及ぶか判らない。職業を偽っている事実を暴露したら喜んで離れていくかもしれないが、黙って泣き寝入りするタイプの女じゃない。騙《だま》されて遊ばれたと保高に話すかもしれない。

潔癖な保高は、女を弄ぶ愚行に及んだ自分を軽蔑するだろう。愛想だって尽かすに決まっている。騙された奏恵を不憫に思い、元鞘《もとさや》にだって戻るかもしれない。

嫌だ、嫌——そんなことは嫌だ。

志上は好きだと意識した途端に、保高に嫌われるのをなにより恐れた。

どいつもこいつも腹黒さを上《うわ》っ面《つら》の善人面でひた隠し、人に媚《こ》びたがる。好感を得ようと躍起になってるバカな奴ばかり——そんな風に他人を侮蔑していたのに、今まさに自分がそうなろうとしていた。

好かれたい、少しでもいい人だと思われたい。嫌われるのは怖い。人を好きになり、同じだけ好意を返されたいと願って初めて理解できる感情。

志上はそれをやっと理解したところだった。

部屋に戻ったときには深夜一時を回っていた。

保高は疲れてとっくに眠っている時間だと思っていたのに、駅から戻る帰路の途中で……アパートの姿が見えたところで、灯《とも》った部屋の明かりに気づいた。

志上は嬉しさを覚える一方で焦り、走って保高の部屋へ帰った。

「ただいま。なんだ、まだ起きてたんだ？」

今気づいた振りを装う。

「遅かったな、志上。どうしたんだ、走って帰ってきたのか？」

息を切らした志上を、男は怒る様子もなく笑顔で出迎えた。

偶然起きていただけなのだろうか。炬燵には読みかけの本がいくつも積まれていて、また調べものか勉強をしていたように見える。

「いや……ああ、まぁ……うん、もう時間も時間だしな」

志上は言い訳めいたことを口にしながら、テーブルの角を挟んだ隣に腰を下ろし、息を整える。ベッドを背凭《せもた》れにできる自分の定位置に収まり、セーターの襟元をパタパタと扇がせて火照った体を冷ました。

何気なく覗いた保高の手元は、ペンを握っているだけで広げたノートは真っ白だ。

「保高、おまえ……」

志上の目線に気がついた男は、慌てた仕草で白紙のノートを閉じる。

「今日は店だったのか？　仕事はないって言ってたろ？」

「ああ、それが……ちょっと客と飲みに行ったんだ。急に誘われて……いつもよくしてくれる常連の人だから、断れなくってさ」

志上はでまかせに後ろめたい気持ちになった。一つ嘘をつけば、また次の嘘が必要になる。べつに自分は保高に好きだと伝えたわけじゃない。付き合っているわけでもない。それなのにひどく気が咎《とが》めてしまう。

今まで複数の女と同時に交際しても、罪悪感の欠片も抱かなかったのに。

「判った……気にしなくていい。俺はおまえの自由をどうこうしようってわけじゃないんだ。ただ勝手に気になって待ってただけだから」

志上が罪悪感で黙り込んだのを、保高は自分の束縛心のせいだと感じたらしい。

「保高……」

「どうも俺は嫉妬深いみたいだ。前におまえが奏恵と食事に行ったって話を聞いたときも落ち着かなかったしな」

「え……?」

想像もしなかった。あのとき妙に保高の機嫌が悪くなったのは、奏恵に嫉妬してのことだったのか。

食事に出かけただけで気を悪くするのなら、今の関係に気づいたらどうなってしまうのだろう。真実を知ったなら——

考えるだに恐ろしい。奏恵とのことはなにがあってもバレないようにしなくては。穏便に別れるために、まずは焦らず急《せ》かさず奏恵とも上手く付き合って、自分を嫌いになるように仕向ければいい。そして頃合を見計らって——

気が重い。嘘をつくのが、これほど疲れることだとは思わなかった。

無意識に爪を噛んだ志上に、保高はさらにすまなそうに言う。

「いや、悪い。嫉妬したなんて聞かされたって、おまえを困らせるだけなのは判ってる。おまえが俺と……ああなったのは、べつに好きとかそういう気持ちがあったわけじゃないのは、ちゃんと判ってるから……」

言葉はどんどん志上に重く圧しかかってきた。

その場の勢いや気分で自分が流されて抱かれたものと、保高は考えているらしかった。

翌朝自分が恐ろしく不機嫌な態度を取ったせいだ。以来、再び求めるどころか触れてこようともしない。

触れたい。キスしたい。抱きしめてもう一度……何度でも、本当は好きだと言ってほしい。

その相手は目の前にいて、伸ばせば手の届く距離にいるのに。

「……なんにも判ってねぇよ」

「え……?」

消え入りそうに呟いた志上は、『べつに』と首を振った。

奏恵に口づけたばかりの唇を、ごしごしと擦る。口紅の跡など残っていないと判っていても、残る感触すら保高に悟られてしまいそうで怖い。

自分のせいだ。愛されるのは幸福なことであるはずなのに、苦しかった。

四月の終わり、警察官が午前中の早い時間に部屋を訪ねてきた。

世間はゴールデンウィーク間近の浮き足立っている時期で、街路樹は若葉を青々と茂らせ、昼間は暑いと感じる日さえ多くなってきていた。少し気が早い感じのする水色の半袖シャツの制服の男を、志上はドアを開けて胡散臭《うさんくさ》げに見た。

「志上里利さんですか？」

警察手帳を見せた中年の男は、ドキリとする物言いで話を切り出す。用件は火事の話だと言われて、なんとなく胸を撫で下ろした。犯罪ではないとはいえ、後ろ暗いところがある証拠だ。

消防署で書類に書いた携帯の番号が繋がらず、困っていたのだと非難がましく言われた。書類の番号を確認すると、あろうことか間違っていた。それまで普段着信にほとんど使用していなかったスマートフォンの番号はうろ覚えだったからだ。壊れた携帯電話のほうは、結局未だに買い直していない。

「何度も訪ねたんですけどね」

午前中はいつも遅くまで志上は眠っていて、保高の部屋に自分を訪ねてくる人間がいるとも思わず、ドアを叩《たた》かれてもほとんど居留守を決め込んでいた。

　不平不満をわざわざ言いにきたわけではないだろう。そもそもなんで警察なんだ、連絡は消防署か管理会社から入るんじゃなかったのか。男の高圧的な態度が気に食わなくて、志上はムッとしていた。

　その理由を知らされるまでは。

「結論から言うと、放火の疑いが高いです」

　淡々と男は説明し始めた。ガス漏れは無関係で、火災理由は灯油の発火であると。玄関ドアの鍵は施錠されており、火元は家の奥のキッチンの入口付近だったことから、当初は灯油は延焼理由に過ぎないと思われていたが、なんらかの方法で部屋の内部から炎を上げさせた可能性があるらしい。

「……ほ、方法って？　うちに灯油なんて置いてなかったのに」

「ホースかなにかを使って流し込むこともできなくはないですからね。玄関ドアは飾り窓がついたタイプで、割ればホースを突っ込むぐらいは容易いでしょ」

　犯罪を扱うのが日常で麻痺《まひ》しているのか、警官はまるで刑事ドラマの推理でもするみたいに、当事者である志上に語ってくれる。

「それで……誰か、志上さんに恨みを抱いている人はいませんか？」

　動揺のあまり頭がよく回らない。本題に違いなく、何度も言い回しを変えて志上は問われた。

「通路になにか青いものを引き摺《ひず》った跡がありまして、これが市販の灯油ケースじゃないかって話でにわかに放火の線が濃厚になったんですよ。犯人は女じゃないかって、私は睨んでるんですがね。男なら提げて歩ける重さでも、非力な女なら引き摺るでしょ。まぁ、子供でも老人でも、力のない人間はいくらでもいますが……」

女と言われ志上がまず思い浮かべたのは、火事の前日に殴って別れた女だった。

しかし、殴られただけで放火までするだろうか。迷いつつも、志上は女の名前を警官に伝えた。犯人なら捕まえてもらわなくては困る。家を燃やした放火犯で、ヘタすれば自分は死んでいたかもしれないのだ。

けれど、それさえ判れば今にも検挙できる口ぶりだったのに、志上が『いつできるのか？』と問うと、警官は言葉に詰まった。

「……いつというのはお答えできません」

「捕まえられない可能性もあるんですか？」

「それは……検挙できない事件というのも当然あります。今回は目撃者も皆無ですので……逆に放火魔であったり、連続犯でしたらボロも出やすいんですが、怨恨《えんこん》は難しいこともあるんですよ。捜査はもちろん全力を尽くします」

まるで手の施しようのない患者に匙《さじ》を投げる医者が、気休めになにかを言うみたいだ。

警官が帰った後も、志上は起きたばかりのベッドに戻る気にもなれず、悶々《もんもん》とした。ガスの臭いが話に上っていたから、事故だとばかり思っていた。放火で犯人も見つからないとなったら、マンションの残りのローンは確実に自分で背負うしかなくなる。

あの女、捜しだして問い詰めたら吐くかもしれない。そう考えてみても、引っ越してしまった女の所在は志上に知る由もなく、ヒントになるような情報も記憶にない。女のことなんて、なに一つ知ろうとしていなかったからだ。

ほかに誰か火をつけそうな奴はいないか。こうなったら誰でもいい、とにかく犯人が見つかりさえすれば——抱いた乱暴な考えは、誰もが怪しいと気づくだけだった。店の同僚、別れてきた女……金の切れ目が元で捨ててきた女たち。自分を恨んでいそうな人間はいくらでもいる。

考えれば考えるほど、いかに自分の行いが悪かったかを思い知らされるだけ。

因果応報。思い出したくもないそんな熟語が頭を占めた。ツケは必ず回ってくる。上手く逃げおおせたつもりでもやがては捕まる。

人を憎めば憎まれ、傷つければ傷つけた分だけ切り返される運命が巡ってくるのだ。

皮肉な運命の悪戯《いたずら》は続いた。

六月の初めだった。奏恵に部屋に来てほしいと言われた。

ベタつかれるのを避けて奏恵とは外で会うようにしていたのに、その日はいつになくしつこくて断りきれなかった。

「大切な話があるのよ。外では話しにくいことだし、見せたいものもあるから」

人前では話しづらいこと……別れ話がすぐさま頭を過《よ》ぎったけれど、奏恵は到底そうとは感じられない陽気さだった。それに見せたいものというのも判らない。

レストランで時間を潰すだけのいつものデートを諦《あきら》め、仕方なく部屋を訪ねた。

部屋でテーブルを挟んで向き合った彼女は、もったいつけているのかクスクスと笑ってばかりで、なかなか切り出そうとしない。

「なに？　話ってなんだよ、早く言ってくれよ。気になるだろ」

引《ひ》き攣《つ》りそうになる顔をどうにかにこやかに保って急かす志上に、彼女はようやく口を開いた。

「里利さん、驚かないでね。私、赤ちゃんができたの。妊娠三ヶ月目だって！」

「……は？」

驚くなと念を押されても耳を疑った。

この女はなにを言ってるのか。

志上は、彼女とは過ちを犯したあの夜の一度しかセックスはしていない。ねだられて途中まで及んでも、どうしてもその気になれず、具合が悪いと誤魔化した。ずっとお茶を濁すための食事のデートを繰り返しただけだ。

自分に手を出そうとじなくなった男。いつ別れてしまわないとも限らない自分に、奏恵は危機感を抱いたのかもしれない。

そうだ、それで突飛な強硬手段に出たのだ。

いいかげんなことを言うな、いいかげんなことを――

頭がガンガンなった。まるで前の女とのやりとりをなぞらえている。

どうすればいい。また怒りに任せて殴りつけ、今度はなにを引き換えに燃やされるのか。

「……冗談だろう?」

志上の苦し紛れの問い返しに、奏恵は微笑む。まるで聖母のような、志上にとっては気味の悪い笑みを眸と唇に湛《たた》えたまま、壁際の棚の引き出しから一冊の真新しい手帳を出してきた。

母子手帳だった。

志上の心を反映しているような、しとしとと雨の降り続く梅雨が始まった。

開け放たれた窓から湿った空気が流れ込む。ひんやりしたアルミ製の窓枠に腕を投げだして身を預け、志上は見るともなしに表を眺めていた。

窓の外には、アパート裏の民家の庭に茂る植樹が枝を伸ばしている。ポツポツと叩く雨に枝先の葉が揺れるのを、志上はぼんやりと見続けていた。静かな部屋を雨音だけが満たす。

「志上、窓閉めろよ。雨が入ってくるだろ」

テーブルに広げた本から顔を起こし、保高がぼそりと言う。

日曜だった。いつもならもう少し話をしたり、保高の仕事の話を興味深げに聞くようになっていた志上は、このところめっきり口数を少なくしていた。奏恵につきつけられた事実は、片時も頭を離れない。志上の頭をいっぱいにし、雨音さえもどこか遠く、ガラスの壁で隔たれた世界の出来事のようだ。窓を開けても閉めても変わりはない。

「ああ」

背中で返事をしたきり一向に窓を閉めようとしない志上に、保高はなにも言わない。

保高の様子も昨日から少し変だった。

昨日は深夜遅くに帰ってきた。仕事で遅くなる日は珍しくもないけれど、昨夜の保高からは強いアルコールの匂いが漂った。飲み会でも入ったのか。それにしても連絡ぐらいくれてもいいのにと思った。

酒は嗜《たしな》む程度の保高にしては珍しく、深酒で泥酔状態。危うく台所で寝そうになった男を、志上は揺さぶり起こして部屋まで半ば引き摺るようにして寝かしつけた。よく覚えてないと朝になって詫びた保高は、バツが悪いのか志上と目を合わせようとせず、今に至る。

仕事で嫌なことでもあったのか、それとも——

深く考えたくない。

「志上」

再び保高が声をかけてくる。

「ああ、判ったって！」

志上は煩わしげに応えて窓を荒っぽく閉めた。雨音が遠退《とおの》く。これで満足だろうと振り返れば、どこか暗い顔の男が自分を見ていて心臓が嫌な感じに弾んだ。

「窓のことじゃなくて、おまえに話があるんだ」

「え……は、話？」

「志上、おまえそろそろちゃんと引っ越しを考えたほうがいいんじゃないのか」

引っ越しの話は、あれ以降二人の間で話題に上ったことはなかった。なあなあで続けている同居生活は、もう四ヶ月目だ。

出ていきたくはない。保高も自分とは離れたくないはずで、だから話し合おうともせず延ばし続けているのだと思っていた。

「どうしたんだよ、急に」

「先のこととか……おまえもいろいろ困るだろ。いつまでもこんなとこにいたんじゃ」

「先のことって？」

随分と歯切れの悪い保高の声。嫌な予感を覚えつつも、耳を塞《ふさ》いだりはできなかった。

「昨日久しぶりに奏恵に会ったよ。病院で、産科に来てるんだって……おめでただって言ってた。もう新しい恋人ができてたなんて、正直びっくりしたけど……俺、『おめでとう』って素直に言えたよ。俺のせいで別れてしまったし、彼女が幸せになってくれればいいとずっと気になってたから」

衝撃は全身を一瞬で襲った。胸が激しい鼓動を打ち、蟀谷《こめかみ》まで脈打つ。感覚を失ったような皮膚は冷たい。

自分の顔はどれほど引き攣っているだろう。唇を動かしたら、そこからバリバリ割れて、壊れてしまうんじゃないかと思えた。

保高は彷徨わせた視線を、志上へ真っ直ぐに向け直して告げた。

「おまえの子だってさ、志上」

保高の昨日の飲酒は、それが理由だったに違いない。知ってしまった事実をどう心の中で処理したのか、今の保高は冷静に見えた。声には詰問する調子もなく、静かで落ち着いている。身を強張《こわば》らせる志上だけが、心臓を破裂しそうに激しく打たせていた。

保高に知れるのも時間の問題だと毎日悩んではいたのに、いざとなったら言い訳どころか、口を開くことさえできないでいる。

「するんだろ？　彼女と結婚」

志上は声も出せずにただ頭を横に振った。

「付き合ってるなんて、全然気づかなかった。もっと早く言ってくれればよかったのに……もしかして俺に遠慮してたのか？」

半開きになった唇を震わせても、渇ききった喉から声は出ない。

「俺のことは気にするな。ちょっとまだ驚いてるけど、ちゃんと気持ちに整理はつけるしさ。式は挙げるつもりでいるんだろう？　新居も……二人で住める広いところってなると、こないだ調べてもらった物件じゃダメか。彼女の意向もあるだろうし、まぁ二人でゆっくり探すか……俺が首突っ込むことじゃないな」

志上はぶるぶると壊れたみたいに左右に頭を振り続け、突然固く握り締めた拳を畳に叩きつけた。必死で抵抗する。自分が黙っている間にも、保高の中で自分の未来が決められていってしまう。奏恵と新しい家に住み、新しい暮らしを始め、新しい命を育む。

そんなのは、違う。

「……しない、結婚なんか俺はしないっ‼」

裏返ってみっともない声だった。

保高の目が呆然と見開かれる。

「なんでだ？　俺のことならもういいって……」

「……違う。だって俺の……子じゃない」

絞り出した声で、志上は訴えた。

「なに言ってるんだ……まさか。彼女、嬉しそうに言ってたんだぞ、おまえの子供だって。式はまだ決めてないけど、いずれするつもりだって」

「違うって言ってるだろっ！」

奏恵はなんだって保高に話したのだ。過去に付き合っていた男に、無神経に笑って話すなんてどういうつもりだ。おっとりしたように見せかけて、プライドの高い小賢《こざか》しい女だ。許せなかったのかもしれない。いらなくなった二番目以下の男でも、保高から振られたのを根に持っていて、あてつけに話したのかもしれない。

それとも自分を八方塞がりにするために——

「志上、なんでそんな風に思うんだ？　理由があるなら言ってみろ」

「……理由なんて……ただ判るからだ」

「おまえは彼女とはなにもしてないってのか？」

志上は眸を泳がせる。

セックスはした。ゴムも使わなかった。

「……けど違う、絶対に俺の子供なんかじゃない。たぶんほかの奴の子供だ。誰か判らないけど、俺に押しつけようとしてるんだ。あの女、無理矢理結婚させる気でっ、それでこんなこと……嫌だ、絶対に結婚なんかしない、嫌だ！　だって、俺はっ……‼」

志上は両手の拳を畳に擦りつけた。擦り切れた古い畳をけばだたせながら、頭は深く沈んでいく。肩を丸め、志上は小さく蹲《うずくま》った塊になっていく。

あのとき奏恵と寝たのは、ほかに欲しいものがあったからだと、ここで言ってしまえば判ってくれるだろうか。

欲しかったのは彼女ではなく、おまえだったのだと。

それは子供の存在を否定できる理由にはならない。でも、両想いだと知れば保高だって気持ちが変わるかもしれない。結婚しなくていい、奏恵のことなんかどうだっていい、一緒に逃げよう——なんだっていい、言葉はなんでもいいから。

自分の元へ保高が近づいてくる気配がした。色褪せた畳しか映らなくなっていた視界に、目の前に座った男のジーンズの膝が割り込んでくる。

宥めるように、保高の手が志上の肩を撫でた。けれど、発せられた言葉は欲しがっているものではなかった。

「話が急で信じられないんだろうけど……責任はちゃんと取れ。逃げようとするな。おまえの子供なんだよ、志上」

志上は強情に頭《かぶり》を振った。保高の手を払い除《の》け、嫌だと何度も、何度でも否定し続ける。俯いたままの肩をきつく摑まれ、揺さぶられてガタガタと歯が鳴っても、食い縛って絶対に頷こうとはしなかった。

「違う、俺の子じゃない」

穏やかだった保高もついに声を荒げた。

「だったらちゃんと避妊したのか⁉ してないんだろう⁉」

「保高……」

「おまえ俺に言ってたもんな、避妊なんかしないって！ 気持ちよくないからってな！」

弾かれたように顔を上げた志上が見た男の顔は、怒りに強張っていた。

自分はそう、確かに保高に言った。下卑《げび》た言葉をわざと使って、快楽を得るために避妊などしないと、あのとき声高《こわだか》に笑ってくだらない虚勢を張った。

「けど、違う、違うっ……俺の子じゃない！ あの女とは別れる！ どうしても嘘をつくなら、子供も堕《お》ろしてもらう！ だって違うのに、だって俺はっ……」

「いいかげんにしろ、志上っ‼」

怒鳴りつけた保高の顔は見ていなかった。気づいたときには、志上は壁に叩きつけられていた。

左頬の感覚が一瞬なくなり、顎《あご》がガクガクする。握った拳を震わせている男を見て、初めて自分が拳で殴られたんだと判った。

「彼女のことを逃げずにちゃんとするんだ。これ以上、人の気持ちを掻き回すな。彼女のことも、俺のことだって……彼女と付き合い始めたのが申し訳なくてあんなことしたのか？

おまえは詫びのつもりで、それで俺に……抱かれてやったのか？」

「ち、ちが……なに言って…っ……」

保高は問いながらも答えを求めてはいなかった。耳を塞ぐように頭を抱える。

「志上、俺にだってプライドってもんがあるんだよ」

呆然としたまま、志上は口の中に痛みを伴った血の味がじわじわと広がっていくのをただ感じていた。

「……もういい。すぐに出ていけ……おまえは、ここにいるべきじゃない」

とうとうすべてを失うのだと思った。

自分が犯してきた愚かな行為の代償を、今払わされる。

一番大切なもの、初めて手にした大切と思えるものの存在と引き換えに。

6

引っ越しらしい作業もなく、志上は新しい部屋に移り住んだ。

荷物は保高の部屋に運び入れたスーツケース一つだったし、家財道具は購入した店から直接運び込んでもらったので、ほとんど身一つでの引っ越しだ。ベッドにソファ、冷蔵庫から電子レンジ、食器の一つに至るまで馴染みのない家具に囲まれて暮らす生活は、まるで他人の家に間借りしている気分だった。

部屋も家具も真新しいのに、志上は以前のように神経質に掃除を心がけたりもしない。ひと月が過ぎる頃には、部屋にはビールの空き缶が溢れ、脱いだ服がその辺に積み上げられるようになった。床は日に日に見えなくなっている。

生活臭の漂い始めた部屋、それでも家に帰る度に覚える違和感を志上は拭えないでいた。

「……でね、里利、そのときあたしったらさぁ……里利？　ねぇ、ちょっと！」

ソファの志上は、隣から体を揺すられてハッとなった。握り締めたロックグラスの中のバーボンは氷も溶けきり、表面が薄く水割り状態になっている。

「ちょっとぉ、今話ぜんっぜん聞いてなかったでしょう？」

ホストクラブのボックス席で並び座った女性客は、口を尖らせ不満顔で自分を見ている。

「あ……すみません、ぼんやりしてしまって……」

「ぼんやりって……あたし、お客よ？　もっと上手い言い訳できないわけ？」

咄嗟《とっさ》の言い訳も思いつかない志上に、女は本格的に不機嫌になってしまった。こんな些細なことで客の気を損ねてしまうとは、自分らしくない失態だ。

大して飲んでもいないけれど、酔っているのだろうか。見慣れた店の中で、自分だけが空間から切り離され浮き立っている気がする。金曜日の夜の店は時間もピークに差しかかっていて、入店客と帰り客が中央のフロアを案内され、行ったり来たり。七月ともなれば、女性は肌の露出も眩しい派手な色の服装が目立ち、店内はいつにも増して華やいでいる。

いつもの生活、いつもの仕事、右手は折れていたのを忘れてしまうほど自在に動き、なんの不自由もない毎日。それなのに妙に塞ぎ込み、調子の上がらない自分はおかしい。

保高とは引っ越してから一度も会っていない。連絡もないが、してもいない。あんな別れ方をしてしまっては気楽に会えるはずもなかったけれど、電話の一本ぐらいかけてきやしないかと、期待する自分がいる。今では連絡がないこと自体よりも、電話が鳴る度に保高ではないかと往生際悪く期待して、いちいち落胆する自分に気が滅入っていた。

保高がいないからといってなんだ。

元々、十年も前に縁は切れて忘却の彼方《かなた》だった男だ。また忘れてしまえばいい。

保高だってすぐに忘れる。もう忘れ始めているかもしれない。

志上は景気づけとばかりに水っぽくなったバーボンを呷《あお》り、胃の辺りを押さえ込んだ。

「だいたいさぁ、来てくれるお客が減って困ってるなんて言うから今日だって……里利？ちょっとどうしたの、里利っ？」

急激に込み上げてきた不快感。額にぶわりと脂汗が浮かんだ。

突然胃を抱えて丸まってしまった自分に驚く客に断る余裕もなかった。志上は立ち上がるとフロアを歩いていた客をも突き飛ばす勢いで走り抜け、トイレへ飛び込んだ。胃の中がひっくり返ったみたいな嘔吐《おうと》を繰り返す。内臓まで飛び出してくるかと思った。

吐き気はやまず、長い間便器を抱えて蹲った。

元いたボックス席に戻ると客の姿はなく、帰ってしまったと物凄《ものすご》い剣幕でマネージャーに叱られた。胃の不快感は治まらず、一層増したかのようだ。トイレと客席を往復し続ける志上は、その夜いくらかの同情も受けたが、多く浴びたのは嘲笑《ちょうしょう》の視線だった。


奏恵に会いに行ったのは平日の夕方だった。

荒れた部屋とうだつの上がらない職場を往復するだけの日々の合間だ。勤め先のオフィスビルの前に車を停めて待っていた志上に、彼女は目を丸くした。毎晩遅くまで、一人前の外科医を目指して診察やオペに勤《いそ》しんでいるはずの志上だ。

「里利さん、どうしたのこんな時間に。仕事は？　もう終わったの？」

「ああ、まぁ……」

「急に来るなんて、びっくりしちゃうじゃない」

待っていたのをあまり歓迎しない口ぶり。『話したいことがあって』と志上が詫びると、『私も会いたかったから嬉しい』と慌てて繕う彼女は微笑んだ。

車を発進させてから、奏恵が急な来訪を快く思わないわけが服装にあると判った。助手席に座った彼女は、軽薄に見えるどぎついピンクのキャミソールを、腕に引っかけていた上着を着て隠す。たしかに普段の彼女の服装とはかけ離れていたけれど、志上にはもうどうでもよかった。

彼女の家に向かいながら、志上はどうやって話を切り出そうかと考えていた。話とはもちろん、彼女の子供のことと別れ話だ。

自分が父親でないと納得させるには、奏恵になにもかもを話すしかない。一度理由もなく『父親が違うんじゃないか』と仄めかしたら、彼女は泣き出してしまったのだ。

以降、何度もちゃんと話そうと思いながらも、延ばし延ばしにしていた。

走らせる車の中で、志上は今日こそはと決意を固める。

「……里利さん、ちょっとここで待ってて！」

奏恵が猛烈な勢いで車を飛び出したのは、彼女のアパートの前に着き、車を停車したときだ。まだエンジンも切っていない車から、なにに反応したのか彼女は猛然と駆け出して行った。

──部屋が散らかってでもいるのだろうか。

唖然《あぜん》となって遅れて車を降りると、アパートの二階の通路に奏恵の上半身が見えた。家に入る気配はない。鍵でもなくして家に入れないのか──そう思って見上げ続けるうちに、木陰で見えづらかった彼女の向こう側から人の頭が覗く。

背の高い若い男だ。二人はなにか言い争い、揉めているようだった。

会話の内容は届きそうで届かず、彼女に背中を押された男が渋々の表情で階段に向かい下りて来る。

白いTシャツによれたジーンズと、貧乏学生のようななりをした男。男は車の傍らに突っ立ったままの志上を、鋭い眼差しで睨《ね》めつけた。まさか摑みかかってくるのかと怯《ひる》んだけれど、男は唐突に表情を緩めると、ぺこりと丁寧な会釈をして歩き去って行った。

「高校のときの同級生で、未だに言い寄ってきてしつこいの」

奏恵は志上が見ていたと知ると、男はストーカー紛いの存在だと説明した。

追い払うためとはいえ、ストーカーの背中に平然と触れたりするだろうか。

奏恵のどこかにいるはずのもう一人の男ではないかという考えが浮かんだ。

それは彼女の部屋に入って確信となった。

「これ……」

ワンルームの部屋のテーブルに置かれた母子手帳に触れたときだ。

育児雑誌の上に無造作に置かれた母子手帳を目にした志上は、部屋に入るなり手に取って捲《めく》り始めた。彼女は狼狽《うろた》えた仕草で、志上の手からバッと手帳を奪い取る。

「奏恵……」

「あっ、ごめんなさい。大事なものだから……」

自分でも不自然な行動をしたとすぐに気づいたらしく、奏恵は気まずい顔をする。

「俺が父親なら、二人のものなんだから見せてくれたっていいだろう」

志上の言葉に言い訳は思いつかないらしく、彼女は目線を彷徨わせた。出産予定日を見れば、子供ができた時期が判るはずだと志上は思ったのだ。出産についての知識はないが、彼女のつわりの時期は早い気もする。もしも、自分と付き合い出した時点で、彼女が自覚症状がなくとも妊娠していたのだとしたら――

「さっきの彼の子供なんじゃないのか?」

奏恵の顔がすうっと青ざめる。やがて薄い肩を丸めて両手で顔を覆った。疑いを認めたのかと思いきや、そうではなかった。俯いた奏恵からはぐずぐずと鼻を鳴らす音が響き始める。

「ひどい……どうしてまたそんなことを言うの? まだ疑ってるなんて思わなかった。里利さんは……そんなに私と結婚したくないの?」

志上は途方にくれ、床に崩れ落ちて泣く彼女を見下ろした。

「どうしたら一緒になってくれるの。子供が嫌い？　だったら生むのはやめるから……それならいいでしょ？　一緒にいてほしいの。私、あなたのいい奥さんにきっとなれるわ、だから……」

奏恵は時折しゃくりあげて言い募る。生むのはやめるなんて、簡単に口にする彼女にぞっとしつつも、その歪《いびつ》さがまるで自分のようでもあり、痛々しく思えた。テーブルに積まれた育児雑誌とは裏腹で、あまりにちぐはぐだ。

かつて『一緒に暮らしたい』と縋りついた女を思い出す。あのとき自分は泣きじゃくる女を前に、適当な言葉を並べて宥めようとした。ずっと一緒にいたいと告げた言葉に嘘はなかったと心にもないことを言って、自分の未来だけを守ろうとした。束縛したがる女を疎ましく感じ、最後は殴りつけて立ち去った。

結婚はしたくない。今まで誰とも結婚生活を考えたことはない。

それをまた聞こえだけはいい、いいかげんな言葉で包めばいい。奏恵からも家に火をつけられようが逃げてしまえばいい。もう保高にだって見限られたのだから、どうでもいい。

なのに、自棄《やけ》になる志上の口から溢れ出たのは偽りのない思いだった。

「俺は……君が好きじゃない」

ひどくとも、それが正直な気持ちだった。心の内を開け広げて見せる自分も、その言葉を酷だと感じる自分も、らしくない。すっかり別人に成り代わったようだ。

「……嫌いになったの？」

「君も、本気で俺が好きなわけじゃない」

「そ、そんなこと……私はずっとあなただけを愛して……」

「俺は君の望む医者じゃないよ？　それでも君は好きだと言えるの？」

志上の告白に彼女の啜り泣く声はピタリと止む。両手に埋めていた顔を起こし、目を見開いて志上を仰いだ。

その目にも頬にも、涙の跡はない。

「どういうこと？」

奏恵が呆然と掲げたままの乾いた手のひらを見つめながら、志上は重い口で打ち明ける。

病院で会った日に奏恵が勘違いしたので、ついそれに合わせてしまったのを始まりに、演じ続けてしまったと。

志上の話に、奏恵の表情は見る見るうちに強張っていく。本当の仕事は安定した収入など望めない、彼女の理想とするエリート職からはほど遠い水商売であると告げたとき、奏恵の顔は誤魔化しようもなく引き攣った。

「……騙したのね？」

事実を理解し受け入れたのだろう。彼女の口から聞いたことのない低い声が発せられた。

「結果的に……いや、そうだな。俺は君を騙した」

「変だと思ってた！　あなた仕事の話は嫌がるし、忙しいから病院には会いにこないでくれとか言って！　仕事の邪魔しちゃいけない、疑ったりしたら嫌われるって思って、あたし我慢してたのに！　ホストってなによ？　サイテーじゃない！」

次第に甲高《かんだか》くなる声。激しく捲《まく》し立てるほどに、涙に潤んでいたはずのその眸が怒りにギラついていく。

「どうしてくれるのよ、責任とってよっ！　なんでアタシを騙したの！　子供はどうしてくれんの、責任とってて っ‼」

豹変《ひょうへん》する彼女を前に、志上はなす術《すべ》もなく立ち尽くしていた。返事もできないでいる志上の胸を、彼女は立ち上がって突いた。壊れた電気製品を揺すり、叩きつけるみたいな仕草で詰め寄る。最後はもう元通りになることなど期待せず、ただ苛立ちをぶつけるためだけ、捌《は》け口の対象として殴りつける。

昨日まで頼りにしていた、役に立たないガラクタとなったものを——

「悪かった。奏恵、騙して……本当に悪かったって今は思ってる。でも……本当に子供は俺の子じゃないんだ」

彼女の剣幕に、もしかしたら本気で自分の子供だと信じているのかもしれないと思った。

志上は叩かれ続けて床に尻餅《しりもち》をついた無様な格好のまま、奏恵を見上げた。

「まだそんなことを言うのっ⁉ 人のせいにしないで！ 逃げようとしないでよ、全部あなたのせいなんだからっ‼」

「……君が本当に好きな人の子だ。さっきの彼……そうなんだろ？」

あんな風にちゃんと頭を下げて挨拶をする礼節を弁《わきま》えた男が、奏恵を無理矢理襲うとは考えられなかった。好きでもない金の匂いがしない男に彼女が抱かれてやるとも考えにくい。

奏恵は怯んで目を伏せるが、すぐにフンと鼻を鳴らした。腹立たしげに髪を掻き上げる。

「好きな人？ 冗談じゃない、あんな奴……今時鉄工所で働いて、それすら潰れちゃって職ナシなんだから。さっさとそんなとこやめなさいって言ったのに、人の忠告聞きもしないで義理だとか恩だとか、バカみたい。そんなものがなんの役に立つって言うのよ。なんにもなりゃしない。お金にもならない、お金にもっ‼」

自棄っぱちの口調で、捲し立てる。『お金』とあからさまな言葉を叫んだ彼女は一瞬口を噤むが、見つめる志上の眼差しに気づくとますます声を荒げた。

「そんな目で見ないで！ あなたなんかに軽蔑される謂《いわ》れはないんだから。あたしのなにを知ってるって言うのよ！ 一人で生きてきたあたしの気持ちなんか誰も判らないくせに。あたしだって綺麗な家に住みたいのよ……いつも新しい綺麗な服が着たかった。可哀想な子なんかでいたくない、あたしは可哀想なんかじゃない、私にだってあんのよ、プライドぐらいっ……だからそんな目で見ないでっ‼」

興奮して喋る彼女の言葉は支離滅裂で、多くは意味が判らなくなった。ただ暗い過去の匂いと、それに縛られて生きている姿が見え隠れしていた。

『誰』にも自分の気持ちは判らないと言いながら、その『誰か』に認めてほしいと叫んでいる。

まるで——鏡を見ているようだった。自分を映す鏡が目の前にある。

爆発した彼女の声がなくなると、部屋は急に静かになった。肩を上下させて呼吸を整えている彼女の、微かな息の音だけが聞こえる。

奏恵のストッキングに包まれた足の爪先に視線を落とし、志上は言った。

「……騙した責任なら取るよ。でもその子は俺の子供じゃないと思う。俺には子供はつくれないから」

「つくれ……ない？」

奏恵に対抗して喚《わめ》いていたわけでもないのに、志上は疲労感でいっぱいで、胸に溜めておくのも億劫で言葉はだらりと溢れた。

「俺は無精子症なんだ」

投げ遣《や》りになっているつもりが、口にした途端に堪えがたい羞恥に胸は縮み上がる。押し潰される。誰にも言わないでいた、一生口にしないつもりでいた事実に。

志上は非閉塞性無精子症と呼ばれる状態で、精巣に問題があった。原因は染色体異常だ。

Y染色体中のＤＡＺ遺伝子と呼ばれるものに欠失があり、造精機能に生まれながらに障害のある志上は自然妊娠などあり得ないはずだった。

子供を欲しがったことは一度もなく、結婚にも興味はない。けれどどう自分を宥めても、それは男として劣等だ。たとえ誰がどんな言葉で慰めようとも、体の中まで欠陥品であったとしか志上には思えず、誰にも話さずにいた。

「あなたって、クズね」

奏恵は吐き捨てた。惨《むご》い言葉だった。

後になってから、それは単に偽りの関係を築いたことを示して言っただけなのかも、と思ったけれど……またしばらく経つと、今度は自分の都合のいいよう、傷つかないように解釈したがってるだけに思え始めた。奏恵のセリフは、いつまでも志上の頭から離れなかった。

帰り際、志上は奏恵に言った。

「その子が俺の子供なら責任はとる。君の望む形で……もしもそうだというなら、連絡してくれ」

奏恵は床に落ちていた母子手帳を拾い上げ、志上をじっと見た。

手帳を握り締める指は、細かに震えていた。

奏恵からの連絡は、結局なかった。

志上はホッとしながらも、どこか気が抜けたようになった。もしかしたら自分にも子供をつくる能力があるのかも。僅かでもそんな風に思い始めていた自分を馬鹿だと思った。

暑い暑いと毎日それればかりをうわ言みたく誰もが呟いた夏も過ぎ去り、秋がきた。残暑が厳しいと言っていたのも束《つか》の間《ま》で、月が十月ともなれば夜は寒いほどに涼しい。

「里利さん」

店のフロアで客もつかずに暇を持て余していると、若いヘルプの男に声をかけられた。マネージャーが呼んでいると言われて奥に向かえば、事務所が閑散とする時間帯を狙って持ちかけられた話は、ろくでもない内容だった。

「おまえには申し訳ないが、新人も入ってるし……店に人を溢れさせてるわけにはいかないんだ」

内容は暇を持て余し気味なその状態についてだ。勤務シフトを減らしてくれないかと言われ、志上は少なからず驚かされた。けれどすぐに納得はいった。怪我から復帰して半年、志上の指名の数は減る一方だった。今までなにも言われなかったのが不思議なぐらいだ。長い間、上位を維持しつづけていたから、マネージャーも温情をかけていたのだろう。

志上は上手く客と話せなくなっていた。最初こそは『体調でも悪いの？』と心配してくれる客もいたが、指名を変える客が目立った。店ごと変えられるよりはマシだろう。しょうがない、客だってボランティアで来ているわけではないのだ。高いお金を払って遊ぶなら、楽しい相手と飲みたいに決まっている。

新規の客で志上の容姿に惹かれて指名する女性もいるが、外見だけで客を繋ぎとめておけるほど甘い世界ではない。話術もなくした面白味のない志上に、新たな固定客はなかなかつかなかった。

「じゃあ、来週からそれで組ませてもらうから」

マネージャーが事務所を出ていっても、しばらく志上はソファで動けずにいた。ぐずぐずしていても仕方がない、フロアへ戻ろうと立ち上がってドアに向かう。

手をかけたドアが反対側から開かれる。やってきたのは神村《かみむら》だった。

「志上……なにサボってんだ、おまえ」

神村は未だに自分を忌み嫌っているようで、顔を合わせるたび好戦的な態度に出る。

「べつにサボってません。ただちょっとマネージャーに呼ばれて……」

「ああ、そうだ。ちょうどよかった」

男は不意に薄笑いを浮かべると、手に抱えていたカードの束を志上の胸に押しつけた。

面食らう志上に言い放つ。

「サボるほど暇なら、俺の分のＤＭの宛名でも書いておいてくれよ。フロアに出たってどうせ、やることないんだろ、おまえ」

勤務時間が過ぎ、店を出ると思いがけず雨が降っていた。

腹のどこからともなく、乾いた笑いが込み上げてくる。

ＤＭの宛名書きなんて、自分がさせられる日が来るとは予想だにしていなかった。

雨は小降りだったので、そのまま構わず駅まで歩き出す。天候のせいか、遅くまで賑《にぎ》わっているはずの夜間営業の店のひしめく通りに人影は少ない。客引きの姿もなく、通りは死んだようになっていた。

深夜十二時、まだ最終電車が残っている時間だ。間に合ってギリギリか……気は急《せ》き雨も降っているのに、志上の足は重かった。

昼間は爽《さわ》やかで過ごしやすかった分、夜ともなれば肌寒い。しとしとと降る雨は、寒さが体に染み入ってくるみたいだ。

以前なら天候や電車の有無に関係なくタクシーを利用したけれど、今の志上にそんな余裕はない。焼けてしまったマンションのローンの残りと、今住んでいる部屋の家賃。二重に支払う生活は想像していたより苦しい。先月ついに車を手放し、ローンの返済にあてた。それでもまだ借金は残っている。仕事も減ったのでは、このまま今のマンションに住むことさえ困難だ。いずれもっと安いアパートを探して、引っ越さなければならないだろう。

志上にはもう金を融通してくれるような女はいなかった。怪我で音信不通にしていた間に、二人の女からは連絡が途絶えてしまった。最後に残ってくれたのは詔子《しょうこ》だった。店に訪ねてきてくれて、再会はできた。

「携帯も通じないから、心配してたのよ。店にも何度か来たんだけど、怪我で休んでるって……ほかの連絡先は判らないって言われて、焦ったんだから！　まさか交通事故に遭ってたなんて……」

詔子は優しかった。最初は彼女は再会を喜び、以前のような付き合いを求めてきた。彼女の存在は唯一の救いだった。何度か食事を共にし、一緒に酒も飲んだ。それなりに楽しかった。けれど、志上は求められても彼女を抱くことができなかった。欲しがるフリが上手くできない。

様子の変わってしまった男。甘い言葉も囁けない志上に不信感を募らせた彼女とは、再会してから一ヶ月ともたなかった。

きっかけは彼女の見合い話だった。親の仕組んだ見合いなど嫌だと愚痴る彼女に、志上はなにも言えなかった。『俺の傍にいてくれ』、そんな彼女の望む言葉を返せなかった。

「引き止めてくれないんだ？　怪我したからって連絡くれなかったのは、やっぱり私に飽きたからでしょ？　もう私のこと好きじゃないのね？」

そうじゃないと上手く言えなかった。

中身のない空っぽの言葉で、人の未来を変えてしまうのを志上は恐れた。以前より彼女に親しみは覚えたけれど、それはただの好感でしかない。彼女が求めているのは友情ではなく、特別な愛情だった。

「里利変わったわ、もっと優しい人だと思ってたのに。こんなに冷たい人だとは思わなかった」

詔子はそう最後に言い捨てて去って行った。

なにが優しさなのだろう。嘘をついていたあの頃の自分を人は好む。女も客も、志上から離れていく。後にはもうなにも残っていない。マンションも車も、仕事さえ今にもなくそうとしている。

「あ……」

額を叩いた大粒の雨に志上は立ち止まり、手を翳して天を仰いだ。

真っ暗で星も見えない夜空。舗道を照らす街灯の明かりが、本降りとなってきた降り注ぐ雨を、鉛色のシャワーみたいに映し出している。

冷たい夜の雨に打たれる手が、微かに疼いた気がした。骨折していた右手ではなく、左手の小指の付け根辺りが疼く。以前は小さな六本目の指が生えていたそこは、いまは微かな隆起があるだけだ。

志上は濡れた両手を擦り合わせ、温めようとした。

今までずっと金の力で得られたと思っていたものは、なんだったのだろう。神様が与えてくれなかったものは、中学を卒業したあのとき、整形外科の手術室で金と引き換えにあっさり手にしたはずだった。明るい未来、希望、喜びも……けれどそれらは、呆気なく自分を捨て去っていく。

完全になれば、人に愛されると思っていた。

愛だの恋だの騒ぎ立てたところで、人もただの動物にすぎない。なにもかもを、捻《ひね》くれ者の強弁でくだらないと罵倒《ばとう》しながら、それでもたぶん欲しがっていた。

自分は男としての価値は乏しい。生まれた瞬間から望まれず、この世界に存在していても意味はない。その現実から目を逸らそうとしていた。愛なんてくだらないと意地を張り、必要とされないことに折り合いをつけ、納得したがっていただけ。自分がいなくとも、世界は回る。この世に自分が存在してもなんの意味もない。たとえ自分が消えても、電車は定刻どおりに駅を出発し、銀行のＣＤコーナーはお金を吐き出し、車は流れ、テレビは笑いと感動を振り撒く。自分は特別な人間ではなく、小さな存在で心は荒れ果て歪んでいる。

生まれることも望まれず、誰にも愛されない。

ただ一人……好きだと本気で言ってくれた男は、自分の愚かさのためになくしてしまった。

あれから四ヶ月がたつ。偶然何食わぬ顔で再会するとしたら、また十年後ぐらいなのだろうか。もうすぐ、保高に再会した冬がくる。それからまた春がきて、夏、そしてまた秋……

十年は長い、なにも考えずに時が流れた前の十年とはわけが違う。

あのとき縋りつけば、保高は許してくれただろうか。泣いて許しを請えば、優しい保高は受け入れてくれたかもしれない。子供はつくれないと、理由もちゃんと話していたなら……彼女との関係はただの過ちと許してくれたかも──

あの日から、時が止まってしまったみたいに毎日同じことばかりを考える。頭のどこかに諦めはちゃんとあるのに。胸に宿った恋心は、少しも出ていこうとしない。根づく場所を見つけたみたいに、深く大きな根を張り巡らし、志上を締めつけてくる。もう二度と花を咲かすことはない木なのに、枯れてもくれない。

駅に辿《たど》り着くと、電車はまだ残っていた。濡れた髪を掻き上げながら、改札の電光掲示板を見上げ、志上は最終に間に合ってしまったと少しがっかりした。

家に帰るのが日に日に嫌になっている。

その夜、マンションに帰り着いてドアを開けた志上は、ついに真っ暗な部屋に足を踏み入れることができなかった。

こんな部屋は嫌だ。嫌だ、帰りたい。帰りたいのに──

帰りたいと脳裏を過ぎったのは、元いた豪華なマンションの部屋ではなく、六畳の畳のけばだった部屋だった。台所の床が軋《きし》んで、玄関ドアは腐っている家だった。

志上は玄関で蹲り、膝を抱えて泣きだした。

いい年した男が情けない、自分だけが可哀想なつもりにでもなっているのか。冷静で呆れ返る自分はまだ残っていたけれど、それならそこら中のドアをひっぺがして回り、可哀想な奴を探し出したいと思った。一人は嫌だ。どうせ一人なら、他人の存在に期待するぐらいなら、いっそ、ここが無人島のほうがいい。

もう自分の思考は壊れているとしか思えなかった。


昨日どしゃぶりになっていたのが嘘のように、空は晴れ上がっていた。

気分転換も兼ねて、志上は昼過ぎに買い物に出かけた。所々に残ったままの路面の水溜まりは、水鏡となってキラキラと日差しを反射している。子供が数えて歩くみたいに、志上はそれを次々と眺めてスーパーまでの道程を歩いた。

昨夜散々泣き明かしたせいで、目は腫《は》れぼったく体はだるかったけれど、明るい太陽の光を浴びれば気分も浮上してくる。あんなに泣いた自分を空恥ずかしく思う余裕も芽生えてきた。

スーパーはやけに混んでいた。表の駐車場も車がぎっしり並んでおり、父親と母親に両手を引かれて買い物している子供を見かけて、『ああ今日は日曜なんだ』と思った。

以前はなんでもコンビニですませていた志上は、近頃はスーパーも利用している。食料品は基本的にスーパーのほうが安いし、品数だって豊富だ。外食はめっきり減った。まだ弁当を買うほうが多かったけれど、時折料理らしきものを作ってみるようにもなった。

買い物カゴを提げて店内を回る。商品のコーナー位置もすっかり覚えたし、特売品を上手く狙って購入するコツも得ている。その日の目玉は生鮮食品で、志上は人が減るのを待って魚コーナーを覗いた。

『本日の売り出し品』と目立つポップのついたパックがある。志上は少し迷ったが最後の一つだったのでカゴに入れた。

スーパーからの帰り道、ふらりと本屋に立ち寄った。レジカウンターの傍のラック棚に並んでいる雑誌が目に留まって手に取る。求人雑誌だ。

パラパラと捲るうちに、落ち込んでいく。二十五歳という年齢だけなら、募集広告の資格はどこも軽くクリアしていたが、大卒どころか高校中退。営業の経験もなく、なにか技術を持っているわけでもない。ホストはサービス業の一種ではあるかもしれないが、胸を張って再就職に望める職業ではない。新卒者でも就職が困難なこの時代に、学歴もなく手に職もない志上を雇うまともな会社があるはずもなかった。

「すみません、ちょっと」

レジ前でいつまでも立ち読みしている志上を煙たそうに見ていた店員が、雑誌を整理する素振りで牽制《けんせい》してくる。購入しようかとも思ったけれど、無駄な買い物に終わるのは目に見えていたので、店員の冷ややかな視線を浴びながらもそのまま戻して店を出た。

転職も望めない。果たしてこの先自分は食べていけるのだろうか。自信はなかった。見合う職がないといっても、結局甘えているだけかもしれない。仕事がうまくいかないから現実逃避に走っているだけ……血眼《ちまなこ》で探し、どんな職でもいいから水商売から足抜けしたい、というほどの気合いも足りない気がする。

過去も現状も自分が作り出したものだ。誰のせいでもない。自力でなんとかしなくては。

前向きにほかの仕事を探すといっても、求人情報誌以外に頼りになる手立てはあるだろうか。インターネットや求人ポスター……志上は水溜まりも乾き始めた街の住宅道を戻りながら考えあぐね、ハローワークの存在を思い出した。公共の職業安定所なら、求人もたくさん集まっているだろう。その分、競争率も高いかもしれないが。

どんなところかも想像がつかなかったけれど、場所を調べて明日の月曜日に行ってみようと決心した。

無駄足に終わるとしても、とりあえず明日の予定……やるべきことが見つかったのは明るい材料だ。また目の前の景色も明るく見えてきた。

通りかかったマンション近くの小さな公園では、子供たちの遊ぶ楽しげな声が響いている。ぶっとい足をした見るからに巨大になりそうな子犬に、グイグイとリードを引かれ、散歩をしている人もいる。微笑ましい光景が広がっていた。

少し立ち寄ろうか——そう思い立ったものの、レジ袋の中の生ものが気になって、また今度にしようと思った。

そのときだった。

公園の隅で子供とキャッチボールをしている男に気がつき、ハッとなった。

似ている。逆光でぼやけているが、男の色褪せた青のコットンシャツの雰囲気といい、背格好、短めの黒髪も保高に似ていた。

志上は自嘲的に笑って頭を振った。最近では保高はいたるところに現われる。街中で、駅のコンコースで、スーパーの買い物客の中にさえ、志上は保高に似た男を見つけては駆け寄っていらない恥をかいた。

保高が十人並みの男だからか、自分の目がおかしくなってきているからなのか。

どうせ現われてくれるのなら、夢の中にでも来てくれればいいのに——

公園の前から立ち去ろうとする志上の前で、キャッチボールの少年が大きく外れた球を投げた。青いシャツの男が逸らしたボールを追いかけて振り返り、志上は腫れぼったくて重い目を零れそうに見開いた。

男は緑のボールを拾い上げようとした手を止めて、志上を見つめた。

その顔に笑みが浮かび、自分の名を呼ぶ。

「志上！」

志上は立ち竦《すく》んだまま声を返すこともできなかった。

保高はボールを手に少年のほうへ駆け戻り、なにか二言《ふたこと》三言《みこと》の言葉を交わした後、志上の元へ走り寄って来た。

「家に行ってみたんだけど、留守だったから公園で時間を潰してたんだ。また後で行ってみようと思ってさ」

公園にいた理由を、保高はそう話した。急に訪ねてきた理由にはなっていないけれど、志上は保高と並んでマンションに向けて歩き始めた。

心臓は破裂してしまいそうに激しい鼓動を打ち続けている。会えた嬉しさよりも緊張感が先に立ち、言葉はつかえて出て来ず、志上の表情は硬いままだった。にこやかにしていた保高もやがて黙ってしまい、電柱三つ分ほど二人は無言で歩いた。

「結婚するんだ」

保高が唐突に言った。

「え……?」

問い返す一方で理解はちゃんとできていて、志上は足元に生まれた闇にヒュッと落ちていく気がした。

「奏恵、結婚するんだって。やっぱりおまえも知らなかったか？」

「奏恵って……おまえじゃなくて？」

声が震えそうになる。

「なに言ってんだよ、俺じゃないよ」

保高は当惑顔で苦笑した。

「俺こそ志上の話かと思った。昨日大学の友達の結婚式があって、そこで聞いたんだ。奏恵と知り合ったときのコンパに誘ってくれた奴も来てて、そいつの口から結婚するらしいって聞いて……最初はてっきり相手はおまえだと思った。そしたら相手は彼女と同級生だった人だって聞いて……」

同級生、その言葉に志上が思い出したのは、奏恵と最後に会った日、アパートで擦れ違ったあの男だ。

奏恵はあの男と結婚することにしたのだろうか。

そうであればいいと、志上は思った。そのほうが奏恵は幸せになれる気がする。あれだけ最悪の関係を持った女の幸せを、志上は無意識に願った。

「おまえのことじゃないと判ったら……彼女と別れたんだと知ったら、どうしても会いたくなってさ。メチャクチャだよな、自分でも勝手だと思うよ。あんな風におまえを殴ったりまでしたくせに、喜んでしまったんだ。奏恵の子供はおまえの子じゃなかったのかとか……都合のいい想像までして」

「……子供は俺の子じゃないよ」

歩き続ける二人は、もうマンションの前まで来ていた。志上はポーチの階段を上がりながら、保高を振り返って言った。

「なんか言いそびれてしまってたけど、無精子症なんだよ、俺。だから子供はできない」

軽い調子に、自分でも驚いた。奏恵に一度話してしまったせいか、真昼の明るい日差しの中だからか、重苦しい雰囲気にもならず、打ち明けるのに抵抗も生まれなかった。

保高のほうが驚きを隠せない様子で、表情を強張らせた。ポーチの手前で足を地面に張りつかせた男に、志上は笑いかける。早く上がって来いと促した。

「……すまない、俺は知らなくて……」

「そりゃあ話さなかったんだから、知るはずもないだろ？　同情するなよ、俺はピンピンしてて健康だし、セックスもできる。ゴムつけなくっても子供の心配はないしなぁ。お気楽なもんだ。羨《うらや》ましいか？」

志上はくすくすと笑いながら、下劣な軽口を叩く。表面だけでも保高の前では元の自分を演じられていることに、我ながら拍手してやりたい気分だ。

ガラスドアの前で壁に設置されたオートロックを開錠する。カードキーを通しただけでドアは自動で開いたが、中には入れなかった。

保高の腕が志上を抱きとめていた。背中から回った青いシャツに包まれた腕。胸の上で緩く組まれた手の存在に、志上は驚いて身を竦ませる。

ぎゅっと一層強く抱いた男は、独り言のように言った。

「……辛かったな」

体が震えた。もう昨夜で枯れ果てたと思っていた涙が、ぶわりと浮かびそうになった。抱かれるままになった志上の力をなくした指からするりと荷物が落ちる。ぐしゃりとなにか潰れた音を立てたレジ袋に、保高は慌てて腕を離した。

「やばい、志上、卵がっ……」

保高が取り上げた袋の中では、パックの卵が無残に割れていた。中身を急いで確かめた保高は、特売品の生もののパックを手に取り、少し間抜けな顔で志上に問いかける。

「エビ……おまえ、エビなんて調理できるのか？」

「志上は器用なんだな」

夕飯を共にした保高は、志上が出したエビ料理にいたく感心していた。

初めて作ったと思えば、確かにそれは見栄えのよすぎる出来だ。

「美味い。すごいよ、志上」

実際は二度目の調理だなどと知らない男は、すごいすごいとバカみたいに連呼する。保高の運ぶ箸《はし》の先を見つめ、志上は苦笑した。

なんだかすべてがまるで幻のようだ。保高が自分の部屋にいて、テーブルで向き合い夕飯を食べている。その料理は以前自分が作って捨てたのと同じもので、あのとき口にしたなら返してくれると想像していた反応を、そっくりそのまま与えてくれる。

これは夢なのかもしれないと、志上は思い始めた。ついに自分は保高に恋焦がれるあまり、夢を見ている。それかおかしくなって、幻覚にまで見るようになったのかもしれない。

夢ならもっと素直になったたっていい。

志上はにこにことよく笑った。お茶をグラスに注《つ》いでやると、優しくて気味が悪いと保高は戸惑い顔だった。

後悔したくなかった。二度と見られない夢なら、悔いは残したくない。

「おまえが大っぴらに優しいとこ見たのは、これでやっと二度目だ」

「二度目?」

「中学のとき……一年のときにさ、おまえ覚えてるかな。社会科の先生がすごくみんなに嫌われてて。なんて名前の先生だったかな……ああ、もう忘れてしまった。とにかく体毛が濃いからって女子が嫌ってて、喋りも気持ちが悪いって……俺はべつに普通だと思ってたけど」

そういえば、そういう教師がいた。いくつかの印象的な出来事は記憶に残っている。

「あの授業ボイコットされたりしてた先生か」

女子が先導して、何回かクラス全員で社会科の授業はボイコットされた。女子生徒とは恐ろしいもので、男性教師は一度印象を損なうと汚物のように毛嫌いされる。正当な理由なんかなくとも数人に嫌われたが最後、瞬く間に噂は広がり学年全体の女子から嫌われるという具合だ。

「あのとき、いつもボイコットされた授業に出てたのは俺と志上だけだった。俺はまぁ、単に授業をサボりたくなくて、ノートも取りたかったからなんだけど……おまえは、いつも授業中は寝てたり話を聞かないくせに、そのときだけは真面目に受けてて……人の心の痛みが判る奴なのかなって」

「同病相憐《あいあわ》れんで？」

左手をひらひらさせ、志上は苦笑した。見た目ゆえに忌み嫌われる教師に共感したわけではない。クラスのバカな騒ぎに加わりたくなかっただけだ。

「手のことなんか関係ないだろ」

保高は眉間に微かな皺《しわ》を刻む。それからその眉間をぽりぽりと指で掻いた。

「もし……関係があったとしても、志上がそれで人の気持ちに敏感でいられたっていうなら、それはそれで素晴らしいことだと思う」

静かだがはっきりと通る声で、保高は言った。

不完全であることにも意義はあるのだろうか。

保高の言葉を素直に受け止めている自分がいることに、志上は不思議な気がした。


食事の後、志上はそわそわと落ち着きをなくした。

今にも立ち上がってしまいそうに胡座の足をもぞつかせた男に気がつくと、膝立ちのまま焦って這《は》い寄る。帰らせまいと慌てて首に手を回して縋りついた志上に、突然の拘束を受けた保高は驚いて目を見開かせた。

「……志上?」

まだ八時を回ったばかりだ。『コーヒーでも飲んでいかないか?』、『テレビでも一緒に観るか?』——そんな軽く引き止める言葉はいくらでもあるのに、思いつかない。

「セックスしたい」

ただ一言志上が口にしたのは、あまりに俗っぽい言葉。欲求に駆られたというより、なんとかして引き止めたい一心だった。

普通の人が口にするのを躊躇う言葉なら平気で言えるのに、どうしてかただ好きと言えない。セックスを拒まれても怖くはないけれど、気持ちを拒絶されるのは恐ろしかった。『会いたくなった』とわざわざ来てくれた男だ。まだきっと自分に少しくらい想いを残してくれているはず——そう考えても、賭《か》ける勇気がなかった。

唖然となった保高になにも言う隙《すき》を与えず、唇を塞いだ。その気にさせようと、必死で唇を貪り、舌をねじ込ませて絡める。

娼婦みたいな仕草で、志上は男を寝室のベッドに誘った。自分の快感は置き去りに、どうやったら保高が気持ちよくなって『帰りたくない』と言い出すだろうと、そればかりを考える。

「しっ、志上……ちょっと、待てよ！　待てってって……」

まるでいつかの逆だった。戸惑う保高に、今度は自分から迫っている。

まごつく男をぐいぐい押してベッドに上がらせ、強引に腰を落とさせて股間に顔を埋める。

ベルトを外すのももどかしく寛《くつろ》げたズボンの中から、まだ柔らかい保高の性器を引き摺り出して手に取ると、少しだけ安堵《あんど》した。これで引き止めるチャンスができた。

「……いいから、じっとしてろよ」

命令口調ながらも、懇願するように志上は言った。

滑らかな先端に口づける。先っぽを唇で包んで吸い上げ、伸ばした舌で忙《せわ》しなく舐め尽くす。素直な反応をしたものが芯が通ったように反り立ってくると、嬉しくて頬を擦り寄せた。

無意識の仕草だった。

「……志上…っ」

保高が感じてる。自分の愛撫に応えてくれている。そう考えるだけで志上の喜びは増し、歯列を大きく開いて保高を飲んだ。咽《むせ》そうになるくらい喉奥まで迎え入れ、なにもかも判らなくなるほどに夢中になる。

口腔の粘膜で締めつけた昂《たか》ぶりは、頭を動かすごとにズッと卑猥《ひわい》な音が響いた。先のほうまで抜くと心もとなくなって、志上はまた慌てて飲み込む。

「んっ……ぅん…っ……」

擦るほどに熱を持った。保高も、自分も。熱く猛ったものを愛撫するうち、志上も欲してきて、パンツの前を押し上げている自身を探り始めた。ファスナーを下ろせば、張り詰めた性器は下着をずり下げようとしただけで縁から勢いよく飛び出してきて、自ら擦って満たされない疼きを癒《いや》す。

「……ぁっ……あ……」

じんとした快感が手の中で溢れた。自慰にこんなにも感じるなんて珍しい。きゅっと感じやすい括《くび》れのところを弄ると、堪えきれずに保高のものを口から零してしまい、あえかな声を響かせた。

「……志上、自分で……?」

心地よさげに息を荒くさせていた男が驚いて問う。消え入りたいような衝動。肘《ひじ》で半身を支えて志上の奉仕を受けていた保高は慌てて身を起こし、触れてこようとした。

「いい、おまえは……なにもしなくていいっ」

男の手を振り払う。自身の快楽は中断し、志上は狼狽《ろうばい》する保高の服を脱がせにかかった。医者なんてインドアな職業なのに、やっぱりシャツの下の体はほどよく締まっていて、以前まではなかった鼓動の高まりを抑えきれない。

「志上、おまえ……なに焦ってるんだ？　そんなに、急がなくても……」

押し倒してフェラを始めたかと思えば、今度は衣服を剝ぎにかかった志上に、保高はまだ狼狽している様子だ。

「……べつに焦ってなんか……セックス、するって言ったろ？　早くやろう」

──早く。早くしないと。

余計なことを考える隙は与えまいと、保高を裸にした後は自らも手早く服を脱ぐ。シャツは裾《すそ》のボタンが一つ残ってしまい、脱ぎきれずに腕と腰に絡んだままになってしまったけれど、そんなものは構わない。

志上は保高の腰に跨《また》がった。先ほどまで口で愛撫していた男の性器は探るまでもなく、しっかりと起き上がったままで、志上はそれを手で探って導く。自分でもよく見えない腰の奥、秘した狭間へと宛がった。

「ちょっ…と、まだ無理……」

「俺がするから……」

「……い……から、黙ってろっ…てっ！」

一度どうにかできたのだから、二度目だってできるはずだ。昂ぶりの先に浮いたぬめりを何度か塗り広げただけで、腰を落とす。自分の中へ早く飲み込んでしまおうと躍起になった。

「……は…ぅっ」

保高の上で、天井からの光を浴びる。眩《まばゆ》い部屋で剥き出しになった下半身。男を迎え入れようと求めて必死になっている自分に、浅ましさと羞恥を覚えた。

けれど、志上は暗がりを求めてはいなかった。明かりを消してしまえば、保高の存在も一緒くたに消えてしまいそうで恐い。こうやって肌と肌を合わせて互いの体温を感じても、唇や舌でその熱を確かめても、目の前にいる男が幻であるかのような不安が拭いきれない。

「ひ…ぁっ……うっ……」

ぐいっと腰を落とした志上は、身を割る衝撃に悲鳴を上げた。

「しっ、志上っ……」

保高のものは志上の愛撫で濡れていたが、ろくすっぽ準備もせずに捻《ね》じ込んで平気なはずがない。雄々しく育った強張りを力任せに捻じ込んだ後孔《こうこう》は軋んだ。受け入れるために作られた女の襞《ひだ》とは違う。

張り裂けそうな痛み。体の奥が熱く脈打つ。

「う、きつ…っ……志上、抜くんだ…っ、早く……」

挿れた保高のほうも苦しげに呻《うめ》く。ベッドに手を突いて半身を起こされると、余計に繋がれた部分は軋んだ。

「……やだ……嫌だ、このままでいいっ」

「……志上？」

「このまま……すぐ、よくなるから……ちゃんとっ、おまえ、気持ちよく……なるって……」

志上はぶるぶると身を震わせながらも、保高が出て行くのを拒む。嫌だと言いいながらも動き出せもせず、じっと硬直したまま、体の内と外の嵐でも去って行くのを待つみたいに泣きそうに表情を歪めた。

大きな男の手が、困ったようにその頬に伸びてくる。

「志上……なんでこんなこと……こんな風にしたって、気持ちよくないだろ？」

「おまえ、気持ちよく……ないのかっ、嫌なのか……？」

つまらないと言われたらどうすればいいだろう。保高は女を知らないはずだけれど、こんな不便なセックスよりずっと気持ちがいい。自分ではダメだと思われたなら――

「……そうじゃないよ」

まるで志上の頭に飛来した不安を読み取ったように、保高は苦笑いする。

向き合った顔はまだ苦しげに眉を顰めていたけれど、その唇からぽつりぽつりと零れる声はひどく優しい。不安で堪らない志上を、優しくからめ捕っていく。

「……志上は判ってると思ったのに」

「なに？　なにが…だよ？」

「おまえが気持ちよくなれないセックスなんて、意味がないだろ。俺がしたいのも……そういうセックスなんだから」

頬から下りた温かな手のひらは、首から肩へ、背中へと移動する。そろそろと触れる手は、志上のささくれ立った心を宥めるように体を摩《さす》った。

ゆっくりと撫でて、温めて、冷たく強張った志上を溶かしていく。

「保高、おまえ……」

いつの間にか眦に溜まっていたらしい光る雫《しずく》を、伸ばされた指先が拭った。見つめる黒い双眸はふっと穏やかな笑みを浮かべ、そしてふらりと距離を縮めてくる。

「あ……」

思わず小さくそんな声を上げてしまう口づけだった。

そっと唇が押し合わさる。志上がベッドに誘うときに施した激しいキスとは違い、静かでふわりと触れ合うだけのキスなのに、それはどんな口づけよりも心地よく志上を満たした。

淡く何度も唇を啄《ついば》みながら、痛みに力を失い萎《しぼ》んでしまった志上の性器に保高は触れる。

「や…ぁっ……」

泣きそうな細い声が出た。怯《おび》える小鳥を掬《すく》い上げるような慎重な手つきで包み込み、先端に雫が浮くほど膨らみを取り戻すまで保高はゆるゆると愛撫した。

「……ぁっ、あ……」

やがて志上は吐息を漏らして小さく喘ぎ出し、触れ合わさったままの唇を自ら薄く開いて、湿った舌を中へと招いた。

無理矢理押し込んだ保高の性器は一度抜き取られ、代わりに濡れた指が宛がわれる。腫れて熱を持った入口をくるくるとなぞられ、指の腹で摩ったり濡らしたり。滑るものは自身が零している先走りで、羞恥を覚えたけれど嫌だとは言えなかった。

じれったく弄られ、まだ触れられてもいない奥が綻ぶのを感じた。内から崩壊するように保高を欲しがる。心と同じで『嫌だ』と硬化させたところで、欲する気持ちを誤魔化し続けることはできない。

「あんっ……」

長い指を飲んだ志上は、甘く上擦る声を上げた。

「志上……」

保高のもう一方の手の中で、濡れそぼって反り返った性器が弾む。前と後ろと、両方を同時に細やかな指使いで嬲られては一溜まりもない。感じるポイントを弄られて、泣き声を上げるしかできなくなる。

童貞なんて嘘だったんじゃないのか。そんな役に立たない嫌みしか思い至れないほど、保高の与える快感に志上は引き摺り込まれた。

「……もう痛くないか？」

優しくかけられた声にも感じてしまい、軽く腰を揺さぶりながら頷く。

「……ん、うん…っ……あっ、あっ……そこっ」

「……ここか？　志上は……ここがすごくいいんだったな」

「あっ、や…っ、待っ……あぁっ……」

あのちょっと張ってるとかいうところを、二本に増えた指でやんわりと揉み込まれ、志上はすぐに射精を訴え始めた。こんなのは違う。こんなはずじゃなかった……そう思うけれど、少しも嫌なんかではない。

「あっ、いく……保高、だめっ……いくっ、イクっ」

まだ手淫を施されただけなのに、志上は白濁を噴いた。

我慢なんてできなかった。

「……イクほどよくなったか？」

保高の締まった腹が、飛んだもので濡れている。『はぁはぁ』と肩を上下させる志上は、じっと見つめられて一層顔を赤く染めた。

「もう挿れるよ」

淡々としているようで熱っぽい、掠れた声で男は言う。指を抜き取って宛がわれた屹立《きつりつ》は、さっきよりもまたずっと大きくなったように感じられた。

「……あ、や…ぁ」

射精したばかりなのに挿入され、しゃくり上げる志上は啜り喘いだ。すぐにまた快感が上ってきてしまう。慣らされて綻んだ場所は、さっきまであんなに保高を拒んでいた場所とは思えないほど柔らかく口を開けて、愛しい男の強張りを飲み込む。

濡れた先端を包んで頬張って、ねとりとした動きで保高を擦って快楽を共有する。

ぽろりと涙が零れ落ちた。気持ちいい。緩やかに始まった突き上げにも、志上は感じ入った甘い声を振り撒き続ける。

「ああ、すごい……志上、夢みたいだ……」

抽挿の合間に、保高は熱を帯びた声で囁いた。志上自身が覚えていることと同じ言葉を口にする。

——嬉しい。夢みたいだ。

この夢がどこまでも続けばいいのにと願う。

穿《うが》たれる度に快感が溢れる。気持ちよくて、嬉しくて、保高に愛されているのかもと思ったらどこまでも泣きたくなる。

身の奥に熱情を叩きつけられるまで、時間はあまりかからなかった。二度目だったにもかかわらず、志上もほぼ同時に達した。

夢はそこで終わりではなく、保高は『もっと欲しい』と言った。最初のときと同じ、体を埋め尽くす愛撫を施され、何度達したか判らなくなるほど高みに連れて行かれる。

最後はぐちゃぐちゃに体が溶かされるような逐情を受け、志上は意識を手放した。


目を覚ますと、部屋は真っ暗で隣に保高の姿はなかった。

ベッドに眠っていた志上は身を起こすと、保高がいないことにやっぱり消えてしまったのだと虚ろな頭で思った。

呆然となるまま、ただもう一度夢に戻りたいと裸でベッドにへたり込む。

少しの間そうしていると、壁際にオレンジ色の線が走り、開けられたドアに廊下からの柔らかな明かりがぱあっと入り込んできた。

志上は眩しさに目を瞬かせる。タオルで首筋を拭いながら部屋に戻った保高はまだ裸だった。まさか起きているとは思わなかったらしく、志上の姿に決まり悪そうな顔をした。

「目が覚めたのか」

ドアからの明かりだけの薄暗い部屋を歩み寄って来る。

ベッドの端に腰をかけると、男は志上の顔を覗いて微笑んだ。

「ついでに勝手に風呂借りた。えっと、一応拭いたんだけど……おまえもシャワー浴びるか？」

ついでってなんだろうと思い、自分の体がやけにさっぱりしているのに気づく。

保高は体を清めてくれ、シャワーを浴びに行っただけなのだ。ちゃんと目の前にいる。

大丈夫だ、どこにも消えてない。そう判っても、不安は胸に巣くったままだった。

「志上？　どうした……腰、やっぱり痛むのか？」

頭を振った。無言で否定するだけの自分を、保高は心配げに見つめてくる。

志上はそろりと保高の腕に触れ、肘から手の甲まで探ってベッドについた手に触れた。

ぎゅっと握り締めると堪らなくなり、その手を手繰《たぐ》り寄せてごつごつと骨張った甲に頬を
押し当てると、細かに肩を震わせた。

「おまえは温かいな」

言葉を発する間にも震えは大きくなり、保高の手はぶわりと溢れた涙に濡れた。

「……志上？」

声を上擦らせる保高の手を、志上は縋るように強く握り締める。

強く。そうするしか方法がないとばかりに強く。

「……っと…………てくれ……俺と、ずっと……一緒にいてくれ」

傍にいてほしいと懇願した。

「少しの……間でもいいから、傍にいてくれ」

『ずっと』と言いながら、ほんの少しでもいいと頼む。

約束はいらない、明日もいらない。嘘でもいいから、ただ傍にいてほしい。自分はひどい男でなにも持っていない。自分だけが可哀想なつもりで生きてるひどい男。それでもいいと、歪みも汚さもなにもかもを許容してほしいなんて、馬鹿げたことを思っている。

嘘でもいいから、俺を騙して傍にいて——

「……いるよ。おまえの傍にいる、ずっとだ」

俯いたまま嗚咽《おえつ》を殺し、泣いていることも押し隠そうとする志上の頭を撫でながら、保高は応えた。片腕で抱き寄せられ、保高の肌の匂いを嗅《か》ぎ、やがて落ち着いて涙が引いていっても志上は保高の左手を握り締めたままだった。

好きだとはついに言えずじまいだった。

いつかは上手く伝えることができるだろうか。そのいつかまで、それから先も……保高が傍にいてくれればいいのにと鼻を啜りながら志上は思った。

その夜は手を繋いで眠った。

誰かの隣で眠れるのが幸せだった。保高の隣であるのが。

繋いだ手に頬を寄せ、志上は安らかな眠りに誘われていった。

夢に初めて保高が姿を現わした。

一人になってから、何度も夢にぐらい出てきてくれればいいのにと願った男は、今頃になってやって来た。随分遅い登場だった。

しかも子供の姿で。

小学校を卒業したばかりの男はほっそりと痩せていて、黒い中学のガクランはブカブカ、服の中で体が泳いでいた。夢だから自分の姿も時折見える。自分も同じように小柄で、天然の茶色い髪が少しだけ周囲より浮き立っていた。

場所は色っぽくもない教室で、ひどくざわついている。どの子供の机にも真新しい学生カバンと教科書が積まれていた。

『ああ、これは入学式の後のオリエンテーションのことだな』と夢の中で志上はぼんやり思う。志上の視点は教室を行ったり来たり、漂うように動いていた。夢なのか思い出しているだけなのかも、混濁した頭ではよく判らなかったけれど、映像は細部まで鮮明に蘇っていた。

机に向かって、真新しい英語の教科書をパラパラと捲っていた保高がふと教科書を置いてじっと前を見る。前の席に座っているのは、せっせと教科書にペンで名前を書き込んでいる自分だ。保高は落ち着きなく、体を右に左に傾げて志上の机を覗いている。

そして、思いきったみたいに背中を叩いた。

「ねぇねぇ、志上里利っていうの？」

保高はこんなにも落ち着きがない上に、子供っぽい甲高い声をしていただろうか。

志上は夢を見ながら少しおかしく思ったけれど、椅子《いす》に座った子供の自分が振り返ったところで意識はその体の中に収まっていた。

志上はムッと口を尖らせて振り返る。急に叩かれて書きかけの名前がちょっと歪んだからだ。まだ愛らしさの残るネコっぽい吊り目をきつくして、志上は馴《な》れ馴れしい少年のほうを見た。

睨まれているというのに、少年はにこにこと笑っていた。髪がすごく硬そうで黒くて、眉のくっきりした子供だった。

「うん、そうだけど……」

「僕、保高慎二っていうんだ。南二小から来たんだけど」

握手とばかりに左手を差し出され、志上は少し戸惑い目を伏せた。少年の手がいつまでも引っ込まずに待っているので、仕方なくおずおずと左手を差し出す。その手には目には見えない赤いリボンが結ばれていた。

少年は細い首をちょっとだけ傾《かし》げて志上の手を不思議そうに見つめたけれど、すぐにまたにこにこと笑い始めた。

「ねぇ、僕と友達になってくれる?」

赤いリボンの手をぎゅっと握り締め、少年は言った。

眠れる場所

ケンカをしている。

といってもケンカとも呼べないのかもしれない。不満があるのを口にはしていないから、心の中で一人で思ってるだけ。都合がいいのか悪いのか、普段から自分は微妙に不機嫌そうな顔をしているらしくて、保高《ほだか》は気づいていない。

「白ワインって、なんで白っていうんだろうな。透明……しいていえば黄色かな」

曇りなく磨き上げられたグラスのワインを見つめて言う保高に、志上《しがみ》は苦笑した。

「黄色ワインじゃ、誰も飲みたくないだろ」

土曜の夜だった。食事に行こうと誘われて訪れたのは、眺望のいいレストランだ。テーブルの中央にはロマンティックなアレンジメントフラワー。次から次へとデコラティブなコース料理が運ばれてくるレストランのテーブルを前に、保高は少し緊張した面持《おもも》ちで、志上は少しだけ不機嫌だった。

再会して三ヶ月がたつ。保高が休みの日曜は、ほとんど欠かさず会った。以前のように保高の部屋で食事をしたり、保高が自分の部屋に来たときには手料理を振る舞ったりした。

保高のためになにかをするのは、ささやかな志上の喜びだった。

言葉で上手《うま》く伝えられない分、形で愛情表現をしたい。愛されたいと思うから、どうにかして尽くしたいのに……こんな至れり尽くせりのレストランに連れて行かれたんじゃ、なにもしようがない。

どこかの情報誌で知ったらしいデートスポット。そんな場所に保高が自分を連れて行くようになったのは、ひと月前くらいからだ。レストランもファッションも流行の話題しか載っていない雑誌なんて、保高は興味がなさそうだったのに、自分のために無理をしてるんじゃないかと思う。どうせこの店の食事代も、先週と同じく自分には払わせないつもりなのだろう。

「志上はワイングラスが似合うな」

大真面目な顔をして噴き出しそうなことを言う男を、志上は冷ややかな目で見る。

「なんだよ、それ。口説き文句か？」

素っ気ない反応にも保高はにこにこしていて、『口説き文句』と言われた瞬間には照れ臭げに僅《わず》かに頬《ほお》を染めた。

食べ終えた料理の皿が引かれて、後はデザートを待つのみになったテーブル越しに、保高は小ぶりの紙袋を差し出す。手に提げた袋を見た瞬間から嫌な予感がしていた志上は、溜《た》め息《いき》をつきたくなった。

「……もうそういうのはいらないって言ってるだろ」

保高はなにかとプレゼントを贈りたがる。先月のクリスマスには喜んで贈り合ったけれど、理由もなく渡される最近の贈り物にはちょっと辟易《へきえき》していた。街中を歩いていてショーウィンドウの中の物を志上が食い入るように見ようものなら、翌週にはそれが手渡される。

「ああ、うん判《わか》ってるよ。でもこれはもらってくれないかな、就職祝いだから」

「就職祝い？」

困惑顔の志上は、保高に押しつけられて渋々受け取ると、紙袋の中を覗《のぞ》いた。

就職先が決まったのは先週だ。ホストクラブをすっぱり辞めて水商売から足を洗った志上は、職業安定所に足繁く通い、何枚も履歴書を書いては目ぼしい募集先に送った。大半は書類選考で落とされ、面接までこぎつけても交通費を無駄にしただけだった。

それを繰り返してようやく決まった職は、衣料品メーカーの営業だ。来週から出勤することに決まっている。

「開けてもいいか？」

そのお祝いと言われると、確かに嬉《うれ》しい。表情を緩めて男を見ると、保高は嬉しげに顔を綻《ほころ》ばせた。

「もちろん」

「……へぇ、ネクタイか。いい色だな。好きな色だよ」

細長い箱から暖色系のネクタイを取り出し、ニットの上に当ててみせる志上は微笑《ほほえ》んだ。

「そうか？　よかった、好きそうな色だと思ってさ。志上は贈りやすくていいよ」

「贈りやすい？」

「ほら、プレゼントとかって……気に入らなくても、もらったら嬉しがってみせるだろ？

志上はそういうことしなさそうだから。嫌いなものは嫌いって言いそうだしさ」

「随分嫌な男だな、俺は」

志上は苦笑した。保高は慌ててフォローに回る。

「率直で助かるって意味だよ。言ってくれたほうが、失敗しても次は本当に喜んでくれるものを選べるだろ？」

率直だろうか。保高は少し誤解していると思った。

保高が贈ればきっと今の自分はどんなものでも喜んでみせる。たとえ意にそぐわないこんなデートの場所を用意されても、不平不満を言ったりしない。ケンカなんてしたくないから、心の中に留《とど》めておく。

保高に嫌われたくないと、本音はそればかり考えている自分を志上は表に出せないでいた。保高の前では、前のままの高慢な態度を装ってしまう。

無理をしているのだ。本当はこんな形で尽くされるのではなく、尽くしたい。

付き合いにズレを感じ始めたのはいつからだろう。やっぱりひと月くらい前からだ。プレゼントが過多になったのも、出かける場所が変化したのも。

——保高はあのことを気にしてるんだろうな。

思い当たる行いを思い返すと、志上はまた一層憂鬱《ゆううつ》になった。

「明日は日曜なんだから泊まっていけばいいだろう？」

食事の後、マンション前まで車で送ってくれた保高は、部屋には上がらず帰ると言い出した。『もう遅いから』と躊躇《ためら》う男を、志上は強引に部屋に招いた。

「引っ越しするかもとか言ってたけど、結局どうすることにしたんだ？」

居間のソファに座った保高は、そわそわしていて落ち着きがない。自分とは目線を合わせようとせず、部屋を訪ねるのを拒むのは、やはり二人きりになるのを故意に避けてるかららしい。

「うん、まぁ……もっと安い部屋を探そうと思ってたんだけど、就職も決まったし、もう少し様子をみてから決めようと思う。コーヒー、飲むか？」

志上はフロアの隅のカウンターキッチンに回った。傍《そば》を離れると、どこかホッとした様子を見せる男に溜め息を覚える。

再会したばかりの頃は、甘い言葉でいえば『蜜月《みつげつ》』というやつで、会う度に求め合った。自分は本当は淫乱《いんらん》の気《け》があるんじゃないのかと心配になるほど保高を欲しがったし、保高もまた情熱的だった。それがどうだ、最近じゃセックスどころかキスもしていない。

保高が距離を置いたり過剰なご機嫌取りをするようになったのは、自分が傷ついてしまったせいに違いない。当直明けと日曜が続いた保高の連休で、ベッドの中で過ごす時間の長かった日。決して乱暴な行為ではなかったけれど、元々性行為のために作られていない志上のその場所は悲鳴を上げた。傷つけたことに気づいた保高は、顔面蒼白《そうはく》で狼狽《ろうばい》しきっていた。

以後、この状況だ。遠慮なんかしてもらっても困る。

保高の姿や眼差《まなざ》しを受けるだけで、時折熱くなってしまいそうになる自分を、志上は持て余していた。そっちがその気ならこっちも相手にしない、と意地を張って一人でケンカ気分でいたけれど、もうこんな状態は耐え難い。

「ああ、ありがとう。なんか……最近の志上は優しくて怖いな」

淹《い》れたてのコーヒーを注《つ》いだカップを受け取った保高は、ソファの隣に座る志上から顔を背けた。

「じゃあ、礼はキスにしてくれよ」

冗談めかして言った言葉に、こっちを見た男は目を瞬《まばた》かせる。露骨に視線を逸《そ》らされ、志上はがっかりどころか傷ついてしまった。保高は遠慮しているのではなくて、自分にもう飽きてしまったんだろうか。

そんなはずはないと思ってみても、考えないようにしていた不安が頭を擡《もた》げる。

「キ、キスなんか割に合わないだろ？　礼なら今度また食事でも奢《おご》るよ」

「コーヒー一杯淹れただけで食事？　俺はそういう男だからか？」

「そういうって……」

金が絡むもののためなら、なんでもする男だ。利己的だった以前の自分。保高には今もそんな男に見えているのかもしれない。

お金もプレゼントも、雰囲気がいいだけの場所も今はもう欲しくない。

自分が本当に求めていた場所は——

「もう会わないって言ったら、おまえどうする？」

志上はじっと見据えていた男の顔から視線を外し、俯《うつむ》いて言った。保高の驚きが声になって響く。

「えっ？」

「……キスしてくれないなら会わない。俺が欲しいのは友達じゃないしな」

泣きそうになってしまう。遠回しながらも、好きで好きでたまらないと打ち明ける自分が信じられない。こんな卑屈で屈辱的な言葉を自分に吐かせる保高を、久しぶりに憎いと思った。

保高なんて大した男じゃない。他人が羨《うらや》むブランド品みたいな価値はなく、人が振り返り見るほど特別にいい男ではない。けれど、自分には保高しか考えられなかった。

「もしかして……俺は志上の恋人と思っていいのか？」

今更ふざけたことを聞くと思った。今まで、ただの遊びで自分が傍にいたがってると思っていたのか。怒鳴り散らしてやりたかったけれど、伸びてきた手に頬を優しく撫《な》でられると、

志上にできたのは黙って頷《うなず》くことだけだった。

そっと顔が寄せられ、温かい保高の唇が触れ合わさる。押しつけ合っただけで離れていこうとする男の首に、志上は慌てて手を回した。

もうどうでもいいと思った。

こんな男に焦がれて夢中になってしまった自分がすべて悪いのだ。

「……………意地悪しないでくれ」

引き寄せた保高の胸に顔を埋《うず》め、志上はくぐもる声で言った。


久しぶりに体を合わせた。

志上はそう高められもしないうちから甘えた声を振り撒《ま》き、保高とのセックスに夢中になった。慎重な手つきで事を進めようとする保高に焦《じ》れ、自分から早く欲しいとねだる。溺《おぼ》れて訳の判らなくなった自分を最低だと思ったけれど、保高にならどんなに辱《はずかし》められても構わなかった。

何度も押し寄せてきた熱の波が引いていき、昂揚《こうよう》感が冷めていっても、保高の傍を離れたくない。志上はそっと寄り添うようにベッドで横になっていた。

「キスしたら……また突っ走って傷つけてしまいそうだったから。けど、プレゼントはそれを気にしてたからってわけじゃないんだ」

あれこれ変な気を回すのはやめてくれ、そう言った志上に保高は弁解した。

「食事作ってくれたり、志上が妙に優しいから不安だったんだ。本当は洒落《しゃれ》た場所とかも行きたいのに、俺に合わせて無理してるんじゃないかと……退屈したら離れてくんじゃないかとか思ってさ。おまえの気を引きたくて、自分のためにやってたんだよ」

「……無理なんかしてない。俺も……自分のためにいろいろしたいだけだから」

優しくなったのは、保高を想っているからだ。離れたくないから、なにかをしたいのだ。

消え入りそうな志上の返事に、保高は目を細めて笑った。

髪を静かに撫でられながら、志上は自分たちはなにかに似ていると感じた。

——あれはなんて題名の話だったろう。海外のクリスマスストーリーだ。

貧乏な恋人同士の話だった。男は恋人の綺麗な長い髪に似合う髪飾りを買うために、大切にしていた懐中時計を売り……女は男の大切な時計に合う金の鎖を買うために、長い髪を売る。互いに用意したプレゼントは、意味をなさないものになってしまう……そんな少し寂しい話だった。

相手に尽くしたいがために、相手を不安に陥れてしまう。無意味な愛情表現。自分と保高も、あの話になんだか似ている。

志上は保高の首筋に顔を寄せながら、微《かす》かに笑った。幸福そうに微笑んだ。

あの話の最後は、そんな終わりでもハッピーエンドだった。何故なら、どんなに大切にしていたものも霞《かす》むほど、相手をかけがえのない存在だと想い合っていたのだから――

志上はようやく取り戻した場所に安堵《あんど》し、目を閉じた。

愛しいプライド

子供の頃、保高慎二《ほだかしんじ》は死にかけたことがある。

小二の夏休み。お盆休み中の外出を面倒くさがる父親が渋々連れて行ってくれたキャンプ場近くの川で、保高は溺《おぼ》れた。

ザブンと大きな音を立てた後はもう深い水の中だった。山の緑を映したかのような色をした川の流れ。水辺には近づいては行けないと両親からきつく言われていたのに、珍しい虫を追いかけて飛び乗った岩の上で、保高はうっかり足を滑らせた。

重く冷たい水だった。保高はまだかなづちで、パニックになった。水をかこうとしたけれど上手《うま》くいかない。『溺れる』とは判りやすく水飛沫《みずしぶき》を上げて手足をバタつかせることではなく、もっと静かで絶望的に身に迫った。

とぷんと頭のてっぺんまで水に飲まれ、『死ぬ』と思った。

苦しみの末に意識が遠退き、深く遠い水底へと足先から落ちていく。

そのとき、声が聞こえた。

「慎二‼」

自分の名を呼ぶ強い声。伸ばされた日に焼けた腕。近づいて来た大人の男の体に少年の保高は無我夢中でしがみついた。

「慎二っ、大丈夫かっ⁉　しっかりしろっ‼」

助けてくれたのは、キャンプに祖父母と同行していた父の弟である叔父だった。

迷わず流れに飛び込んでくれた男のおかげで保高は救われた。

叔父は変わった男だった。子供の保高にはどこが変わっているのか判らなかったけれど、父と、父に感化された母は『変わり者』と呼んでいた。父のように大学を卒業することも安定した職に就くこともなく、高卒で肉体を酷使した仕事でお金を貯めては、海外に旅に出て行く。

ヨーロッパ、中東、アフリカ。叔父は旅先で『いろいろなもの』を見ているらしい。まるで異星のような景観の風景写真や、日本人とは違う肌や髪色の人々の写真。叔父の見せてくれた写真の中には、慎二と同じ年頃の子供たちもいた。民族衣装のお下げの女の子。漆黒の目をした双子の男の子。路地裏の地べたに寝ている子もいた。「この子はどうしてこんなところに寝ているの？」と問うと、叔父は困った顔をして「慎二がもう少し大きくなったらいろいろ話そうな」と言った。

人見知りの子供だったにもかかわらず、保高は何故かすぐに叔父を好きになった。

そして久しぶりに会ったのが溺れたキャンプだった。

ずぶ濡れの服を叔父の隣で脱ぎながら、父になんと言おうと子供ながらに保高は落ち込んだ。父は怒るだけでなく、きっともうキャンプには連れて行かないと言うだろう。元々山や川なんて大嫌いな父であるから、すぐに帰るとさえ言い出しかねない。

ぎゅっと絞ったTシャツからダーッと水が溢《あふ》れ落ちた。俯《うつむ》いて小さな手で必死に衣服を捩《ね》じる保高に、叔父が告げた。

「慎二、このことは二人だけの秘密にしような」

そのとき悪戯《いたずら》っぽく笑った叔父が神様に見えた。

保高は翌年もキャンプに連れて行ってもらえた。

星を見た。一回り大きくなった保高は、夕飯作りの火も熾《おこ》した。叔父はその年は遠方に働きに出ていていなかったものの、次の正月に祖父母の家で会ったときには、『今年のキャンプは一緒に行こうな』と言ってくれた、真冬でも日に焼けた手で頭を撫でられ、はにかむ保高は上手く笑えなかったけれど嬉《うれ》しかった。もらったお年玉よりも、ずっと。

でも、待ち遠しかった夏、キャンプで保高が叔父に会うことはなかった。その年の初夏に、叔父は働き先の近くの川で溺れていた見ず知らずの中学生を救おうとして命を落としたからだ。

キャンプの代わりに、盆には親戚一同が田舎の実家に集まった。初盆の準備をする傍らで、父が誰かに『あいつは無鉄砲な奴だったから』と零《こぼ》すのを聞いた。

「いつまでもボランティアだかなんだか。結婚もしないで好き勝手生きて、最後は他人の子供助けて死んだんじゃ世話ないよ。だいたい溺れてる人間に近づくなんて、自殺行為もいいところだ。いいとこでも見せたかったのかねぇ、あいつがここまでバカだったとは……」

保高は駆け寄って『違う』と言いたかった。叔父は馬鹿なんかではない。まして人にいいところを見せたいだけの偽善者などであるはずがない。自ら同じように救われた保高は誰よりよく判っていた。

——僕が生きているのだって、叔父さんのおかげだ。

そう叫びたかったけれど、言葉にならなかった。まだ幼かった保高は大人たちの会話に割って入るどころか、見聞きした廊下の隅でただ驚きに身を強張《こわば》らせていた。

そのことを保高はずっと後悔した。あのとき、たとえもう故人であっても、命の恩人である叔父を自分は守るべきだったのに、なにもできなかった。

間違いを『違う』と指摘さえできず、沈黙した自分を深く悔いた。

だから、もう二度とそんな過ちは犯さないと誓った。叔父のようになりたい。いつか叔父が話すと言ってくれた世界のことが判らないままでも、誰かを救える人間になりたいと保高はそう思った。

「保高せんせー」

診察室で傍らの丸椅子に座った小さな患者の呼びかけに、白衣の背をうっすらと丸めた保高は、カルテにペンを走らせながら『うん？』と曖昧な声を発した。

「まぁた蚊に刺されてるよ、右の首んとこ」

患者の小学一年生の少年は、保高のワイシャツの襟元の赤い染みのような痕《あと》を指差す。

「ああ……これね」

「また刺されたの？　まだ治らないの？　もうすっごい前だよ？」

少年は早口で畳み掛けるように言葉を繰り出す。初めて病院にやってきたときには母親の腰にしがみついて、なかなか顔さえ見せようとしなかった子供とは思えない変わりようだ。

小児科医ではない保高は、元来の口下手も手伝い、医者も三年目となる今でもあまり幼い子供に好かれるほうではない。しかし、目の前の少年には早いうちから懐かれていた。

入院中だった少年が落としたおもちゃを踏んづけて壊したことがきっかけだ。子供相手であろうと生真面目にも平謝りをした保高は、どうやら格下に見られるようになり、白衣を着ていても怖い相手ではなくなったらしい。今では母親が用で席を外しても、こうして堂々と診察室に一人残って保高の観察をする余裕すらみせる。

「せんせー、どんくさいなぁ。僕のスプレー、貸してあげようか？　しゅってするとね、虫が近づいてこなくなるんだよ」

「あー、そうだな……でも虫除けスプレーはいらないよ」

赤い痕の辺りをペンの背で困ったように掻《か》いた保高の反応に、少年は首を捻《ひね》る。

「なんで？　また刺されるよ？」

「うーん、ずっと一緒にいる蚊だから……いなくなっても困るっていうか」

「一緒にいるって、どういうこと？　せんせーの蚊なの？　ペットなの？」

「ぺ、ペットって……えっと……まぁ、そんな感じかな」

「蚊って飼えるの⁉」

少年は丸椅子をガタガタ鳴らして身を乗り出してくる。

「はは、海《かい》くんは真似したらダメだよ。蚊は怖い病気も運んでくるからね」

「大人になったら飼える？」

「いや、大人になってもダメだけど……そうだね、海くんが大人になっても飼いたいって思ったら、そのときは考えてもいいかもしれないね」

神妙な顔で答えつつも、保高にはたぶんそうはならないだろうと判っていた。

保高だって蚊を飼いたいわけではない。ただ、止むを得ない事情により、『虫刺され』からガードできずにいるだけだ。

午前中の診察が終わり、休憩時間にトイレに向かった保高は、洗面台の鏡に向かうと少年に指摘された首筋を確認した。うなじ寄りの位置に確かに赤い痕はある。幸い指摘してきたのは目ざとい少年だけだが、看護師や成人の患者は知らない振りで通してくれているだけかもしれない。

「……もう少し下のほうだったらな」

あと二センチもずれていれば、白いワイシャツの襟の内で見えない位置だ。

けれど、保高を刺した蚊は簡単に融通の利《き》く相手ではなかった。

志上《しがみ》がセックスの最中に首にキスの痕を残すようになったのはいつからだろう。はっきりとは覚えていないけれど、たぶん三ヶ月前くらいからだ。困らせる意図があるわけではないらしく、それとなく伝えても気づかない様子からして無意識らしい。

三ヶ月前——春の終わりから初夏にかけてだ。

季節を確認するように目を向けたトイレの開け放たれた窓からは、午後の夏空が覗《のぞ》いた。青く深い空にマッチした蟬《せみ》の鳴き声も、病院の中庭の木々から響いている。蒸し暑くて過ごしにくいが、生命の輝きを感じる夏——

志上とは、付き合うようになってもう二年近くになる。

仕事にも追われてあっという間に過ぎた時間も、改めて振り返ると長い。長くはあるけれど、なにもかも共有できるほど互いを知り尽くしたかといえば、そんなことはない。

志上は昔から感情を露《あらわ》にしない。露骨に機嫌が悪くなろうと、本音はいつもどこか奥深いところにしまわれていて、保高はあまり目にできない。

その数少ない機会が、ベッドで抱き合ったときだ。

普段はなかなか伝えようとはしない言葉も、志上は口走ったりする。その度に保高は嬉しくて、恋人である彼を愛おしく思うのだけれど、その想いは上手く伝わっていないのかもしれなかった。予期せぬ一言で志上の態度は一変する。

以前、『綺麗《きれい》だ』と口走っただけで、しばらくセックスをさせてくれなくなったことがあった。容姿を褒《ほ》めたことによって、それ以外を否定されたと感じたのかもしれない。

『虫刺され』もなにかのサインで理由があるとしたら、やめるように言った途端にまた殻に籠《こ》もってしまわないとも限らない。

蜜月《みつげつ》と不和を繰り返している。まるで雨季と乾季が存在する大地みたいに、志上との関係はどこか不安定で、保高はなにかの拍子に壊れて彼がいなくなるのではないかと感じる。

自分の中に残る罪悪感が、そう思わせるのかもしれなかった。

一生のうちに、後悔のない人間などいないだろう。

保高にとっての人生の悔いの残った大きな出来事は、叔父のことと、そして志上のことだ。

中学時代、ひどく彼を傷つけてしまった出来事がある。

よかれと思ってした行いだった。クラスで孤立した彼を守りたいと思った。子供らしい……子供ゆえの、拙《つたな》くも残酷な嫌がらせの数々。おそらく繰り返しているほうに苛《いじ》めの意識などなかっただろう。大人はきっと『そんなことがどうした』と笑い飛ばす。実際、保高はクラスメイトの彼への疎外行為を担任にそれとなく相談したが、相手にされなかった。

——自分が守らなければ。

昔、叔父の初盆で父の暴言を止めることができなかった後悔も、背中を押した。

迷わず水へと飛び込んだ叔父のように、上げた声。給食時間にみんなを注意したときには、これでなにかが変わると思った。けれど、やり遂《と》げた気分でいたのは自分だけで、それが安っぽい正義感でしかなかったことを、保高はすぐに思い知らされることになった。

クラスに変化はなく、志上は自分にまで距離を置くようになった。

唯一の友人であったはずの自分を拒んだ志上は、ますます浮いた存在となり、そのうち学校で見ない日が増えた。不登校。志上のプライドを傷つけたからなのだと理解できたのは、随分経ってからだ。

誰の目にもそう映ろうとも、志上は疎外を認めてはいなかった。排除されているのではなく、自ら身を引いているだけ。友達になれないのではなく、なろうと思わないだけ。そうやって彼が必死で張り巡らせたガラスの盾を、形ばかりの正しさで粉々に叩《たた》き割った。

自分は鈍い。淀んだ川から、叔父のように彼を救い出せはしなかった。

今になって謝ることも、保高は躊躇《ためら》った。過去に触れれば、再び志上を傷つけることになりはしないかと、危惧《きぐ》するからだ。

負い目は荷物となり、いつも心のどこかに存在した。志上にはなにも望めない。

彼が言うことを聞いてくれないのではなく、言えなかった。

「うっかり寝過ごしてさぁ、目が覚めたらおまえんちの駅に着くとこだったんだよ。まぁ、明日は休みだし寄ってもいいかと思って」

駅から保高のアパートへの道程を歩きながら、偶然帰りの電車が一緒になった恋人はそんな風に言った。

駅でスーツ姿のその背に声をかけたとき、気まずそうな顔で振り返った志上は、今はどこかむっと不貞腐《ふてくさ》れた表情で隣を歩いている。保高が手に下げた白いレジ袋が、時折互いの体に触れて葉ずれのように音を立てた。今日は仕事帰りで空腹なので、夕飯はいち早く食べられるコンビニ弁当だ。

志上が隣駅近くのアパートに越してきたのは去年の春だ。

『会社に近いほうがいいと思って。家賃も安いしな』

志上はそう説明した。さして近距離になったとも思えないけれど、保高のアパートの最寄り駅よりは一つ手前で会社に近い。ただし度々帰りの電車で居眠りをして寝過ごす志上は、こうしてよくついでに保高のアパートに寄り、ついでに夕飯を共にしたりする。

「おまえ、今日電車通勤なんだな。つか、当直明けだって言ってたから、もっと早く帰ってるかと思ってたよ」

「今日は人が足りなくて、夕方まで診療を受け持つことになったんだ」

「ふーん、医者は不規則で大変だよなぁ。おまえもそんな総合病院じゃなくて、もっと個人の小さい病院で働けばいいのに。九時五時が定時でジーサンが一人でやってるみたいな？」

「そういうところは、看護師は必要でも医者は非常勤ぐらいしか求めてないよ。それに俺は今の病院で満足してるから」

志上の言い草に、保高は苦笑いする。仕事は忙しく疲れが溜まることもあるが、ようやく名ばかりではない一人前の医者と認められつつあり、やりがいも感じていた。

再び「ふーん」と愛想のない返事を零した志上は、今度は反論せずに黙り込む。

口は悪くとも、仕事については理解を示してくれているのを保高は知っている。短気でちょっとしたことでも怒ったり、大人げなく拗《す》ねる志上だが、急患で呼び出されて会う約束をドタキャンすることがあっても、責められないのにいつの頃か気づいた。

通りを電柱二つ分ほど無言で歩く。家賃や駐車場代が安い代わりに駅からアパートはやや距離がある。一人で歩くのは億劫《おっくう》だけれど、こうして二人であれば悪くない。

むしろ好きな時間かもしれなかった。保高は志上が来るときには、家にいてもなるべく駅まで迎えに行くようにしていた。少しでも早く顔を見たいし、志上だって一人より二人のほうが道程が短く感じられるんじゃないかと思うからだ。

住宅道をしばらく歩くと公園脇の道に出る。

視界が急に開け、家々の屋根に遮《さえぎ》られて見えなくなっていた沈みかけの太陽が目に映った。そっと隣を窺《うかが》えば、目線の位置にある志上の髪のてっぺんが夕陽を浴びてキラキラ光っていて、自分の黒髪とは違う淡い茶色の髪に保高は見とれそうになる。

前を真《ま》っ直《す》ぐに向いたままの志上が、唐突に口を開いた。

「なぁ、紺と白、どっちがいい？」

「えっ？」

不意のことに保高はぽかんとなった。

「ああ、黒もあるけど」

「えっと……話が見えないんだけど、なんの色だ？」

自分がうっかり髪に見惚《みほ》れたせいで意味が判らないのかと焦った。

志上は親切丁寧に説明するのもめんどくさいと言わんばかりに、どんなに察しのいい人間でも読めないであろうことを言い始める。

「浴衣だよ。いつも世話になってる営業先の店で売れ残ってるっていうから、売上に協力することになってさ。一枚じゃ大した協力にならないし、おまえの分も買おうと思って」

「浴衣……」

まだ夏真っ盛りだが、この時期にはもう在庫が捌《は》けていなくては厳しいのだろう。

志上が就職して一年半以上が過ぎた。最初は苦労したに違いない会社勤めと営業職も、最近はすっかり慣れて得意先でも気に入られている様子だ。飲み会に誘われたなんて話もよく聞く。

アパレル業界であるから仕事相手は女性も多く、持ち前の美貌とホスト時代の話術を生かしているのかもしれなかった。

自分には未《いま》だに満面の笑みを滅多に見せない恋人も、知らないところではニコニコと笑っている。心中複雑な部分がなくもないけれど、再会してから……いや、出会ったときからずっと志上は自分に対してはそうだったと、保高は思い返す。

一週間ぶりに会った今も、志上はややツンと尖《とが》った声で言う。

「好きな色、選べよ。揃《そろ》いの浴衣なんて嫌だからな、色ぐらい違うほうがいいだろ。ああ、べつに一緒に出かけなければ同じ色だっていいんだけど……」

「なんで？　買うなら一緒に出かけようよ」

ぶっきらぼうな言葉に、保高は笑《え》んで返した。

「今の時期なら花火大会かな……ていうか俺、浴衣着るの花火大会ぐらいしか思いつかないんだけど。ああ、でも大鳥《おおとり》公園のは先週終わったんだっけ」

「八月の終わりに、南港《みなみこう》の花火大会がある。七千発打ち上がるんだって」

保高も知らなかった花火大会の詳しい情報を、志上はさらりと応《こた》えた。まるで事前に調べてでもいたみたいで、ふっとこちらに向いた顔は、目が合うと途端に『しまった』というような表情を浮かべる。

すっと志上が顔を背けた拍子に揺れた髪が、また夕日に煌《きら》めいた。

「なんか……志上の話はいつも倒置法だな」

「え……？　と、とうち？」

「いや、べつになんでもないよ」

緩く首を振ったが、保高の眼差しは優しくなった。

なにが話の本当の目的であるのか。

浴衣を購入して売上に貢献することか、それとも――

保高は確かめずとも知っている。電車で寝過ごしたという志上が、本当は一時もうとうとすらしていなかったことも。帰宅のラッシュで車両が混んでいて、傍には容易に近づけなかっただけで、人の間にその姿を保高は早くから見つけていた。吊り革を手に立った志上は左手で携帯電話を弄《いじ》っていて、電車を降りるときにきっちりメールが入った。『駅を乗り過ごしたから、おまえの家に寄る』と。『ついでに飯買っていくから』とも。

志上はいつもそうだ。

いつも嘘を交《まじ》えて順序を入れ替えることで、本当の目的を覆い隠そうとする。

「花火大会か……子供の頃以来だな。病院、休みが取れるように調整してもらうよ」

面映《おもは》ゆい気持ちに駆られつつ、素知らぬ振りで話を合わせる保高は頷《うなず》いた。

「わざわざ休みとるのか？」

「出勤日だとなかなか都合よく帰れそうにないし。それに浴衣は着るのに時間かかるだろ」

「ああ……うん、まぁそうだな」

二人で浴衣で出かける約束ができた。

付き合っていても、食事以外で出かけることはあまりない。仕事も忙しく男同士という事情もあって、人で混雑したデートらしい場所は縁遠く、旅行もまだ未経験だ。

再び無言になった志上はこちらを見ようともしないけれど、保高は困ったことに光る髪に今触れたいと思った。

撫でて、指に柔らかく絡む髪の感触を確かめたい。

綺麗だ。チカチカと視線の先で踊る光は志上の髪だけでなく、夕暮れの風に波立った公園の池の水面も同様に輝いていた。ふとその光景に目を向けた保高は、歩みを緩める。

日はまだ落ちていないのに、公園の街灯は早くもアンバランスに明るく灯り、照らされた樹木では夜を迎えきれない蟬が鳴いていた。ベンチには未だお喋《しゃべ》りを続ける母親たちの姿があり、連れた子供はといえば池の縁で遊んでいる。

日中は亀が甲羅《こうら》干しにコンクリートのスロープを上がって並んでいるような長閑《のどか》な池だ。微笑《ほほえ》ましい光景のはずだったけれど、池をぐるっと囲む手摺つきの舗道ではなく、水辺に続くコンクリートのスロープでおもちゃを転がしている幼い二人の男児の姿に嫌な予感がした。

「あっ！」

保高は思わず声を上げた。

勢いよく転がったトラックのオモチャを追おうとした一人の子供が足を滑《すべ》らせ、そのまま引き込まれるように池の中へと落ちた。ほとんど音もしなかった。藻が繁殖しているのか、子供は立ち上がろうとしては細い足を掬《すく》われ、うつ伏せに水中に沈む。

なにかを考える余裕はなかった。

「保高っ！」

提げる手を放れたコンビニ袋が、足元でベシャリと音を鳴らす。

「保高っ‼」

叫ぶ志上の声。伸ばされた手の先がシャツの背を掠《かす》めたのを微《かす》かに感じた。保高は振り払うようにして一目散に池へと駆け出していた。スロープの上で声も出せずに立ち竦《すく》んでいるもう一人の子供の脇を擦り抜け、迷わず淀んだ色の池へと駆け入る。

「バカっ、危ないっっ‼」

志上の声はほとんど絶叫となって空気を裂いた。

「うわっ……！」

水中に足を運んだ途端に、ずるっと靴底が滑る。よろけて保高も沈んだところに、溺れる子供がバタバタと動かしていた手でしがみついてきた。

重く冷たい水。記憶の淵から蘇《よみがえ》る。深く深く、足先から沈んで水底へ沈んで行ったあの日の記憶。そして、助けてくれた男の腕の感触。

「保高っ、保高っ‼　保高っっ‼」

ただ違うのは絶叫する男の声だ。

バシャバシャと水を切る音が響き、腕に幼い子供を抱いた保高は驚いてそちらを見る。

「あ……」

足場は悪いがどうにか立ち上がった保高を、志上はぽかんとした顔で見ていた。

子供の頃に溺れたあの山中の川を思い出しはしたものの、住宅地に人工的に作られた池は浅く、大人の腰までも水深はなかった。泣き出した子供を抱えた保高は、自分を追ってスーツが濡れるのも構わずにザブザブと水を分けて飛び込んだ男を瞠《みは》らせた目で見る。

「志上、おまえ……」

無意識に発した声に、見る見るうちに志上の表情は険しくなった。


叔父の事故を思い出したのは、池から上がってしばらくしてからだ。

たまたま池が浅かったとはいえ、叔父と同じ行いをしたのだという自覚は後から芽生えた。ずぶ濡れの子供は血相を変えて飛んできた母親の元に戻り、救った保高は感謝されたけれどそんなことはどうでもよかった。

家路を歩み始めても、元通りの空気にはならない。濡れた服は重く不快で、靴はぐしゅぐしゅと嫌な音を立てる。

同じく濡れた志上も不機嫌なままだ。

「……バカだな、おまえ」

「志上……しょうがないだろ、落ちるとこ見たんだから助けないわけにもいかないし」

「池が深かったらどうすんだよ。どうせ、そんなのも判らないで勢いだけで突っ走ったんだろ？　いかにもおまえらしいよなぁ、正義感の塊《かたまり》って感じ？」

「俺はべつにそんなつもりじゃ……」

「そんなつもりだよ、おまえは。いい格好《かっこう》ばっかしようとしてさぁ、バカみてぇ。そんなに他人によく思われたいのか、正義のヒーローにでもなったつもりかよ」

志上は一人歩調を速めながら、突き放すように言い放つ。

『いいとこでも見せたかったのかねぇ、あいつがここまでバカだったとは……』

忘れがたい、叔父を貶《おとし》めた父のあの言葉が保高の耳には蘇った。

「じゃあ、放って置けっていうのか？　あんな小さい子供、放ってたら死ぬぞっ⁉」

思わず荒げた声には、ぞっとするような冷たい声が返って来る。

「そんなの知るかよ、俺には関係ない」

「志上っ！」

露悪的に言い捨てた男は振り返ろうともせず、数歩前をぐんぐん歩いた。その髪はいくら揺れてももう光を放たない。太陽は西の空に沈み、急速に陰りを帯び始めた空にはオレンジ色の帯が淡く広がっている。

風だけが優しく、真夏とは思えないほどに穏やかに吹き抜けた。二人を順に撫で、後方へと流れ去って行く。

追いつこうと足を動かす保高の勢いは、隣に並んだ瞬間に失せた。漲《みなぎ》らせた苛立《いらだ》ちは、その顔を見た途端に憑《つ》き物が落ちたように萎《しぼ》んでいく。

「志上、おまえ……」

「なんだよ、冷たい奴だってのか？　はっ、今更だろ。何年、俺と付き合ってるんだよ。二年半……いや、中学んときもあるか。顔見知り程度の関係だったけど？」

「志上、もういい」

こちらを見ようとしない男の肩を摑《つか》み、保高はその顔を覗き込む。

ただでさえ眉根をぐっと寄せていた志上の顔は、くしゃりと苦しげに歪《ゆが》んだ。

「くそっ……くそっ、おまえのせいでスーツ台無しじゃないかよ」

まるで冷たい水に浸かった後のように色の失せた唇だけが、動く傍からナイフの先みたいに尖った声をぽろぽろ零す。

どんなにキツイ言葉で詰《なじ》られても、保高には判っていた。

「志上、いいから……もういいんだ。怖い思いさせて悪かったな。ごめん」

「……怖い思いしたのはさっきのガキだろ。なんで俺が……」

「だって、おまえ泣きそうな顔してる」

「バカ言うな。ガキじゃあるまいし、俺をいくつだと思って……」

「年がいくつでも、怖いものは怖いし、泣くときは泣くだろ？」

言葉に詰まった志上は、きゅっと悔しげに蒼ざめた唇を噛《か》んだ。

「俺がどうにかなると思ったのか？」

「……べつに」

「すまなかったよ、おまえに心配かけて」

意地を張る志上の言葉に流されることなく、保高は詫びた。

あのときの父の暴言の真意を、今更推し量ることはできない。本当に弟に呆《あき》れ、失望していたのかもしれない。けれど、叔父の行いがいくら正しく、それによって救われた命があっても、父が弟を亡くし、祖父母が息子を失ったのもまた現実だ。

理想と現実。いくら理想が美しく正しくとも、現実を補いきれないこともある。

保高はもう一度、志上のスーツの背に声をかけた。

「ごめんな」

先を行く濃い色に変わったグレーのスラックスの足元が、一瞬びくりとなる。

志上はもう否定も肯定もしなかった。

無我夢中で地面に放り出してしまったコンビニ袋の弁当は、ケースが潰《つぶ》れて無残な姿になっていた。池から上がってすぐはよく判らなかったけれど、濡れたシャツからは青臭い水の匂《にお》いが鼻につく。

「スーツ、悪かったな。クリーニング出しておくから、なにか服を貸すよ。シャワー使うか？」

アパートに帰り、玄関から上がったところで声をかけても志上は首を横に振った。

まだ機嫌は直らないのだろう。保高はスーツではないとはいえ、頭から全身濡れており、嫌な臭《にお》いもするしでこのままでは部屋にも上がれない。志上が気になったが、着替えのある場所を教えてそのままキッチンとは反対側の風呂場に向かった。

シャワーを浴びてようやくさっぱりしていると、扉が開いて驚いた。

「志上……服の場所、判らなかったのか？」

頭から流れ落ちる湯に目を細めてそちらを見た保高は、二度驚く。志上も裸だったからだ。

やっぱり気持ち悪くて体を洗いたくなったのだろうと思いきや、壁のホルダーにセットしたシャワーヘッドに興味を示すこともなく、保高の元へと近づいてくる。

扉を閉めてしまえば、否応なしに至近距離に迫るような狭い洗い場だ。けれど、偶然ではなく志上が自ら身を寄せてきたのは伸ばされた手で判った。

体を叩くシャワーの雨の中で、無言で二の腕に触れる。

「志上……」

濡れた柔らかい感触が、顎に触れた。次は少し場所を移して口角へと。不機嫌を露にした眼差しだけは変えないまま、志上は唇に唇を重ね合わせてくる。

迫り寄りながらもどこか遠い感じのする素っ気ない口づけを、溜まらず深いキスへと変えたのは保高のほうだった。

強く押し合わせる。口を開けて、角度を変えて。湯の雫が口の中へと侵入してきたけれど、温《ぬる》い違和感を覚えながらも構わず貪《むさぼ》った。唾液と混ざり合って飲んでしまうのも構えないほど気持ちが高まる。保高も欲しくなかったわけではない。ただ意識したところで、今日はセックスは許してもらえないのだろうと諦めかけていた。

腰に手を回して確かめると、志上から中心を擦りつけてきた。

「……ぁっ」

いつも言葉が足りないくせして、時折大胆になる恋人だ。

志上に大胆にしているつもりはないのかもしれない。ホストだった志上は経験が豊富らしく、その言動はいつも性に奔放であった生活を匂わせる。まるで当てつけのように、相手は一人ではなく複数と同時に楽しむことがあったとも話していた。

でも、だったら何故、自分に抱かれるときの志上は泣きそうな表情をしているのだろうと思う。そんな話を聞かされて眉を顰《ひそ》める際にも、志上は『やっぱおまえはお硬いなぁ』なんて笑うくせして、決まってその後には不安そうな表情に変わる。

まるでなにかを試しかけてでもいるかのように。

「んっ、あっ、保高…っ……」

志上の眦《まなじり》の切れ上がった一見冷めた眸《ひとみ》は、今も強い風に吹かれた水面のようにゆらゆら揺れていた。身を寄せてきたときにはまだ大人しく静まっていた志上のものは、キスを繰り返すうちに反《そ》り返っていた。保高が濡れた手で握ってやると、鼻を『んっ』と鳴らして身震いし、細い腰をもじりとくねらせる。

「お、おまえも……」

ザーザーとどしゃぶりの雨みたいに降り注ぐシャワーに打たれながら、互いの性器を握り合った。包んで手のひらを動かし、指で感じる場所を探る。切れ切れに唇から零れる志上の声は次第に大きくなり、『もっと』と命じられた保高は裏っ側や括《くび》れを中心に親指の腹で幾度も擦り上げた。

——もう機嫌は直ったのだろうか。

判らない。不機嫌を誤魔化そうとしているようにも見えるし、甘えてくれているようにも感じる。ややぎこちないながらも志上に手で扱《しご》いて返されれば、保高の頭もいつまでも冷静に分析してはいられなくなった。

「……はぁっ……も、俺…っ…ぁっ……」

互いの手で快楽を共有し合い、やがて志上が大きく息を乱した。ぶるっと腰を震わせ、確かに達したと思ったけれど、噴き出したものは一瞬の間に湯に流されてよく判らなかった。見つめた顔は赤い。尋常じゃなく火照《ほて》っていて、湯あたりも起こしかけているのかもしれない。

「……ベッド、行く?」

問いに志上が頷くのをちゃんと確認したが、こんな状況では拒否されても我慢できたか判らない。保高も少しのぼせて、思考は鈍ったままだった。

体を軽く拭いてベッドに場所を移動する。髪は二人とも濡れたままで、湿って柔らかな肌はいつもより吸いついて一つになれる感じがした。保高は差し向かいに抱き合うのが好きだ。いわゆる対面座位で、思う存分に動けない不自由さよりも、恋人の感じる姿を見つめる悦びが勝った。快感を得られるポイントを的確に突いてやることもできるし、キスしたり、彼の性器に触れやすいのも嬉しい。

「や…あっ……」

身を跨《また》がらせ、屹立《きつりつ》を飲み込ませた腰を揺らめかす。上を向いた性器を手のひらに握り込むと、志上は思わず出てしまったというような反応で拒む声を発した。

「あっ、嫌……」

「……ココ、後ろと一緒にするとすごい……濡れてくる」

保高は志上の柔らかい髪を掻き分けて蟀谷《こめかみ》に唇を押し当て、達したはずの性器がまだ昂《たか》ぶっているばかりか、先端をじっとりと潤《うる》ませているのを指摘する。

「……あっ、あぅ…んっ」

やや性急に繋《つな》がったので心配だったけれど、平気らしい。以前のように夢中になって傷つけたりしないよう、セックスにローションの類《たぐい》を使うようになってから、志上は感じやすくなった。

「あっ、あっ……や、あっ……」

腰を動かすごとに、塗り込めたローションが淫らな音を立てる。切れ切れの甘い声を振り撒《ま》きながら、揺さぶられる志上は保高の首に腕を回しかけた。

それだけでは足りず、どうしていいか判らないというようにキスの雨を降らしてくる。

硬い黒髪に、頬に、抱きついて顔を埋《うず》めた首筋に。

チクリと走った痛みに、保高は男らしい眉根を寄せて口を開いた。

「……なぁ、志上」

「んっ、ん……」

「……志上」

「あっ、う……うん？」

「頼みがあるんだけど……」

「んっ、あ……なっ、なに？」

反応の鈍い志上の蕩《とろ》けた声に、一瞬躊躇う。

失いたくないと抱き寄せて声を潜めながらも、はっきりと告げた。

「……キス、するなら、もう少し下のほうにしてほしいんだ。その、病院でも子供に指摘されて……」

耳元に吹き込んだ言葉を、志上は理解するのが困難だったに違いない。数度そのまま腰を揺らめかし、それから唐突に保高の体を突き放そうとした。

「なっ……」

このところセックスの度に繰り返された首筋へのキス。想いと執着を形にするかのように、肌に『虫刺され』を作っていたことに気づいた志上は、動揺して眸を揺らしている。

離れようとする男の体を、保高は捕らえた手で引き留めた。

「……俺はさ、どこにもいかないから」

「え……？」

「次、引っ越すときはおまえの家の近くにするよ」

「引っ越し……な、なに言って……」

理由が判ったから、伝えようと思った。

三ヶ月くらい前から急に蚊に刺されるようになったその訳——

思い当たることといったら、老朽化も著しいこのアパートを、来年には取り壊す予定だと大家から言われたのを志上に話したことぐらいだ。一緒に暮らしていた頃から古いアパートは気に入らないようだったから、もう少しマシな部屋に引っ越す予定があると伝えれば喜ぶとばかり思っていた。

けれど、言葉足らず過ぎたらしい。

「どうせなら同じ駅の近くにするつもりだよ。志上の駅の傍。そしたら……電車を寝過ごさなくても来てくれるだろうし。空きがあれば同じアパートとか……おまえさえよければ、その……また一緒に暮らしたいとも思ってる」

言葉足らずになってしまったのは、すんなり同居は受け入れてもらえないだろうと、希望を言い出すタイミングを計っていたのもある。

けれど、そんな心配は杞憂どころか、余計に問題をややこしくしていただけだった。

保高は知った。志上は自分がいなくなることに怯《おび》えている。池の中までスーツが濡れても追いかけるほどに、自分は志上に必要とされている。

「……おまえ、ずるい」

不意打ちを食らわされた男は、やっぱりまた泣きそうな顔をして保高の肌に指を立てた。

「志上……」

「おまえはいっつも鈍い振りして……ずるいんだよ」

「……振りなんかしてない。今でも判らないことばかりだ。志上がなに考えてんのか……でも、こうしてると、おまえがなに考えてんのか少しだけ確かめられる」

「え……」

「セックス……だから、好きなんだ。たまに拒否されるようになると、どうしていいか判らなくなるよ。志上がなんで急に嫌になったのかも判らないし……ごめん、鈍いから俺」

「……あっ」

逃《の》げ退きかけていた身を抱え直すと、穿《うが》ったものが中で擦《こす》れて志上が上擦る声を上げた。

「俺のこと……もう嫌なんじゃないかとかも考える」

「そんな…っ、ことは……」

『ない』と否定した微かな声は、唇の触れた耳朶《じだ》から耳の奥へ淡く響いた。

想いや言葉は形なく幻のようだけれど、抱き合う体は確かに腕の中に存在している。

揺さぶるのに合わせて、また零れ始めた志上の甘い声に、引き摺《ず》られるようにして保高は腰を入れた。長く硬く張った屹立で、その奥まで確かめる。

「あ…ぁっ……」

抜き出そうとすると、熱い粘膜が絡んできた。

「志上の中、すごい……出て行くなって言ってるみたいだ」

「なっ、なにバカな……こと、言ってて っ……」

「けど……先のほう、俺に食いついてくる。気持ちいい」

「あっ、やっ……ひ…ぁっ……」

あまり繰り返せば『しつこい』と泣くのを知っていて、保高は志上の内奥を張り出した先端で掻き回した。

絡みつく粘膜を振り解《ほど》くように動かして擦ると、激しく感じる。志上も感じているのは、高く裏返る泣き声ですぐ判る。啜《すす》り喘《あえ》ぐ声は、泣いているのにひどく甘く、首に回った腕は振り落とされまいと親に抱きつく子供みたいに必死の力でしがみついてくる。

「あっ、奥…っ……おく、ほだか、いや…ぁ……」

保高は腹が濡れるのを感じた。志上の性器から、とろとろ透明な雫が溢れて伝っている。

「あんっ……んっ、ん……」

気持ちよさげに腰を前後させる男は、ぬるぬると濡れた先を保高の締まった腹に擦りつけた。無意識なのだろう。保高は気づかない振りで腰を抱え直し、もっと強く擦れて志上が気持ちよくなれるよう密着させた。

両手で腰を抱え、上下にも動かす。本当は官能を引き出すための場所ではないのが信じられないほどに、志上の中は柔らかくて熱い。一対であるはずのものが一つなれたみたいに、隙間《すきま》なくぴったりと吸いついてきて保高を溺れさせる。

「志上……いい、気持ち…いい……」

「あっ、あっ……保高っ……」

熱い波に揉《も》まれるようにして達した。志上も同時に吐精したのは、今度はシャワーに流れることもなく自分の腹を打った白濁ですぐに判った。

結局、キスの痕はつけられないままだった。満足して弛緩した志上はどこか安心したような顔をしていて、首に回った手がずるりと滑る。あっと思う間もなく、ベッドに背中から沈んだ体。まだ繋がれたままの場所がくちゅりと音を立てて抉《えぐ》れ、二人揃って息を詰めた。

「あ…ぅっ……」

奥に放ったものが縁から溢れ出る。扇情的な様に、頭は冷えて静まるどころか熱い体を追うことを保高に命じた。

「もう一度……もう一度、してもいいか?」

自分を包んで蕩かせる身を敷き込みながら、保高は掠れた声で言った。

「黒か紺にする」

ぼんやり天井を眺めていた保高がそう告げると、ベッドの隣で志上が身じろいだ。

首を捻って見たその顔は、急な話が判らず困惑した表情だ。

「浴衣の色だよ。おまえのほうが明るい色が似合いそうだから」

「……自分が好きな色を選べばいいだろ。なんで俺が選択基準になるんだ」

姿勢を変えて横臥した保高は、志上のほうを見つめる。

「そうだな。俺が志上の似合う浴衣を着た姿を見たいと思うから」

「……そういうセリフは女にでも言え」

「俺が好きなのは志上だ」

抱き合った後で歯止めが甘くなっているのかもしれない。様々な言葉が、思う傍から溢れ出る。幸い志上は不服そうな顔はしなかったけれど、顔を背けるようにうつ伏せになってしまった。

まだ湿った髪の間から覗く耳が、僅《わず》かに赤い。

「志上、今日は悪かったな。考えなしなことして」

「……もういい。べつにおまえの勝手だし」

『好きなだけ命を粗末にしろ』と枕に突っ伏して放たれたくぐもる声に、保高は苦笑する。

「俺さ、子供んとき川で溺れたことがあるんだ」

「……マジで？」

「うん。死ぬとこだったんだけどさ、叔父さんに助けられた。親父の弟でちょっと変わってるって言われてた人だけど、勇敢で真っ直ぐで……好きだったな。俺は子供心に、あの人みたいになりたいって思ってた気がする」

「ふうん……おまえにもルーツはあったんだ。クソ真面目な善人の」

否定も苦笑いもできなかった。

「本当にいい奴ぶってるだけなのかもな。俺は独りよがりなことやってばかりだ。受験勉強だったら、なにが正解かはっきりしているから間違えようもないのに」

こちらを見ようとはせずに、枕に顔を押しつけたままの男の耳をじっと見つめながら、保高はぽつりと続けた。

「志上、ごめんな」

今はこれだけで精いっぱいだった。けれど、言おうとしてもけして言えなかった言葉。

志上の頭はぴくりとも動かない。反応がないことに、どこかホッとせずにいられない一方で、返事がないことこそ志上に伝わった明かしではないかと思う。

「……嫌いだったよ?」

やがて発せられた言葉に鼓動が乱れた。

志上は肘を起こし、顔を向けた。その顔には涙も笑みもなく、伸ばされた手が代わりのように感情を表わした。緩く握った手で額を小突かれる。それから、鼻梁を掠め降りた手は唇に触れた。

左手の脇、小指の付け根の辺りを志上は保高の唇に押し当てる。

滑らかな肌には、もう赤いリボンの存在を示すものはない。隆起もなにもなかった。目を凝らせば傷跡ぐらいは残っているのかもしれないけれど、消えてしまったものは自分と志上の記憶の中にしかもう存在しないのだと改めて知らされる。

保高は呆然とその感触を受け止めた。

「し、志上……」

「おまえの綺麗事が嫌いだったよ。けど、おまえのそういう言葉を俺はいつも聞きたがっていた気がする。なんでかな、腹立てながらもおまえのことばっかり考えてた」

充分過ぎる返事だった。

許されることを望んでいたわけじゃない。ただ、これからも傍にいたいと——そう考えたところで、志上がずっと以前にくれた言葉を思い出した。

傍にいて欲しいと言った、あの言葉を。

「うん、俺も考えてたよ。ずっと、おまえのこと考えてた」

目蓋《まぶた》を落とすと、目の奥が熱くなる。

触れた彼の手の感触は、離れても優しく唇に残り続けた。

みなさま、こんにちは。初めましての方がいらっしゃいましたら、初めまして。

今回は「優しいプライド」を文庫化していただきました。

文庫化の度に、毎度同じようなことを書いておりますが、今回も壮絶な悲鳴の旅でした。過去の文章と向き合う作業は、当然ながら作品が古ければ古いほど悲鳴度UPです。打ち出しに入れた赤書きが、赤のほうが多いんじゃないかというほどページを埋め尽くし、いざデータを直そうとしてもなにがなにやら判らないという物理的な問題も。走り書きの文字がひどすぎて、自分でも解読できないことが多々あります。たまに夢うつつで文章を書いてしまったときなど読めたためしがなく、謎の象形文字を前に頭を抱える考古学者の気分です。

しかしながら、最近私も文明の利器を手に入れまして、先日寝ながら思いついたネタをiPadでメモることに成功しました。半分寝ているのでダイイングメッセージを書くぐらいしんどかったんですが、大傑作!なので絶対に忘れてはならないと頑張りました。

あまりに傑作すぎて、作品にできる日が遠そうなのでここに書き記しておきます。

『こっちのほうが使い勝手がいいってんで、隣の映画同好会までうちの猫砂使うようになっちゃって』

——私が池に落とした金の斧はどこですか？　確か夢で見たのは、サスペンス風BLだったはず……誤字がないところを評価したらいいんでしょうか。ある意味全文誤字。支離滅裂なようでいて、一応文の体裁を保っているところがかえって切ないです。このまま嘆きで後書きを埋めてしまえそうなところが、また恐ろしい！

文庫化ということで、久しぶりに志上と保高の短編も書きました。本編の直し作業をしながら、志上に比べて保高の背景の情報が少ないのが気になり、生い立ちなども含めて書き下ろしは保高視点です。『保高の過去なんてどうでもよかったんでは？ もっとイチャラブだけの二人を書くべきだったんでは⁉』と途中、いつもの優柔不断もさく裂してしまったんですけど、そんなときに救ってくださったのはサマミヤ先生のイラストでした。

文庫のイラストはサマミヤアカザ先生に描いていただきました。表紙には、私がこの作品で表現できたらと思っていたものが余すところなく詰め込まれておりまして、拝見して迷いも吹っ切れた次第です。美しく切ないイラストの数々で、ずるくて脆《もろ》い志上のシリアスな面や、変化していく保高との関係を描いてくださっています。プレゼントをもらった志上は可愛くて、『保高の一目惚れポイントはこれか～！』と納得しました。

サマミヤ先生、本当に素敵なイラストをありがとうございました！

今回もたくさんの方のお力添えで、過去の作品がこうして再び読んでいただけるものになりました。お世話になった方々、手に取ってくださった皆様、ありがとうございます。

また次回の本でもお会いできると嬉しいです！

２０１３年８月　砂原糖子。

✦初出　優しいプライド……アイノベルズ「優しいプライド」(2002年1月)
眠れる場所…………アイノベルズ「優しいプライド」(2002年1月)
愛しいプライド……書き下ろし

砂原糖子先生、サマミヤアカザ先生へのお便り、本作品に関するご意見、ご感想などは
〒151-0051 東京都渋谷区千駄ヶ谷 4-9-7
幻冬舎コミックス　ルチル文庫「優しいプライド」係まで。

幻冬舎ルチル文庫

優しいプライド

2013年9月20日　　第1刷発行

✦著者　砂原糖子　すなはら とうこ

✦発行人　伊藤嘉彦

✦発行元　株式会社 幻冬舎コミックス
〒151-0051 東京都渋谷区千駄ヶ谷 4-9-7
電話 03(5411)6431[編集]

✦発売元　株式会社 幻冬舎
〒151-0051 東京都渋谷区千駄ヶ谷 4-9-7
電話 03(5411)6222[営業]
振替 00120-8-767643

✦印刷・製本所　中央精版印刷株式会社

✦検印廃止

ISBN978-4-344-82928-2　C0193　Printed in Japan